도전하는 여자는 늙지 않는다

도전하는 여자는 늙지 않는다

박영혜 지음

문학수첩

오 남매 중 막내로 자란 나는 동생 있는 친구들이 늘 부러웠다,

그런 마음에서일까?

초등학교 2학년 때 학교에서 글짓기 시간에 시를 썼는데, 담임 선생님께서 그것을 신문사 백일장에 응모해 주셔서 큰 상을 받은 기억이 있다.

54년 전 기억을 되살려 보면…….

제목: 동생 같은 인형

인형 인형
동생 같은 인형
동생이 없어서 동생으로 사귄 인형

인형 인형
동생 같은 인형
무얼 생각하느라 가만히 있나

인형 인형
동생 같은 인형
빨간 연지 바르고 시집가나 봐

나의 첫 작품이다.

그 후로 글쓰기를 배우거나 본격적으로 글을 써 보
겠다고 생각해 본 적은 없지만, 유난히 내성적이고 소
극적이었던 나는 내 마음을 글로 표현하는 것을 좋아했

다. 편지 쓰기를 즐겨 했고, 누구나 여고 시절에 한두 번은 해 봤겠지만, 라디오 방송국에 음악 신청 엽서를 보내서 상품을 받은 기억도 있다.

인터넷이 활성화되면서 '싸이월드', '카카오스토리', '페이스북', '인스타그램'까지 다양한 방식으로 SNS를 즐겨 하기 시작했다. 일상의 소소한 일들을 글로 쓰고 그것으로 소통하는 것이 참 재미있게 느껴졌다.

새로운 글을 올리고 나면 몇 명이나 들어와서 내 글을 보고 갔는지, 어떤 댓글을 남겼는지가 궁금해서 자꾸 확인해 보게 되었다.

우리 세대는 학교에서 컴퓨터를 배운 세대가 아니다. 처음에 나는 컴퓨터를 잘못 만져서 고장이라도 나면 어쩌나 걱정도 많이 했다. 다행히 남편과 아이들이 차근히 알려 줬다. 지금도 여전히 능숙하지는 못하지만, 독수리 타법으로나마 이렇게 글을 쓰고 있다.

SNS를 하면서 남들의 삶을 엿보다 보면 참 열심히 살고 있구나 싶어 감동을 받을 때가 종종 있다.

SNS에서 옷이며 액세서리 등을 판매하던 친구가 있었다. 알고 보니 백일 된 아기도 있는데 정말 열심히 사는 게 너무 예뻐서 격려차 댓글을 달았다가 인연이 되어 지금까지도 소통하며 지내는 사이가 되었다. 그렇게 SNS를 통해서 알고 지내는 동생들이 몇몇 있다.

그 친구는 잠시 했던 판매를 접고 공인중개사 공부를 하더니, 지금은 어엿한 부동산 사무소 사장님이 됐고, 당시 세상에 나온 지 백일쯤 됐던 아기는 사춘기 소녀가 되었단다.

그리고 남편의 사업 실패로 힘들어 하던 동생도 있다. 그때 그녀는 주저앉지 않고, 인터넷 라이브커머스 사업의 비전을 보고 용기 내어 다방면으로 열심히 뛰어 유통망을 확충하고 지금은 여성 CEO로 사회에서 우뚝 섰다.

그런 모습을 볼 때 시부모님을 모시면서 살림만 하고 살아오던 나는 대리만족을 느끼면서 그녀들의 용기에 한없이 박수를 쳐 주었다.

　이렇게 그저 평범하기 그지없는 내가 어떻게 용기 내어 세상에 나올 수 있었는지, 앞으로 남아 있는 나의 날들을 어떻게 살아 나갈 것인지를 깊이 생각하며 솔직하게 한 자 한 자 적어 내려가려고 한다.

　나의 글을 읽게 될 독자들도 때론 공감도 하고, 때론 도전도 받으면서 우리의 삶을 더 가치 있고 빛나게 마무리할 수 있기를 빌어 본다.

3부 아름답게 그리고 천천히

1부

급변하는 시간 속에서

소중한 내 이름

"다음, 박영혜 님~! 박영혜 님~ 안 계세요?"

'누구지? 이름 부르는데 퍼뜩 대답하지 않고…… 저 간호사 목 아프겠네.'

나 또한 여느 사람들과 똑같은 생각을 하며, 핸드폰을 들여다보고 있는데 남편이 나를 툭툭 친다.

"여보~ 뭐 해! 당신 부르잖아."

헉! 내 이름이네!

뭇사람들의 시선을 받으며 겸연쩍은 얼굴로 진료실

로 들어간다.

수십 년 전 결혼식장에서 주례 선생님이 이름을 불러
주신 이후로 내 이름이 아닌 늘 다른 호칭으로 불리다
보니 이렇게 간혹 내 이름이 불리면 낯설게 느껴질 때
가 있다. 그동안 나도 모르게 내 이름을 잊고 살아왔나
보다.

사회 활동을 하지 않는 여자는 대부분 호적에 적힌
이름보다는 평생 여러 개의 다른 이름으로 불리며 살아
간다.

누군가의 딸로 시작해서 누나, 언니, 고모, 이모, 숙
모, 아내, 며느리, 시어머니 그러다가 오늘날 이렇게 할
머니까지….

예전에 우리 할머니 세대에는 딸이 태어났다고 이름
도 지어 주지도 않았고, 그냥저냥 이쁘다며 이쁜이, 3월
에 태어났다고 삼월이, 마지막 딸이 되어 남동생을 보

라며 끝순이, 딸이라 섭섭하다며 섭섭이라고 대충 불렸단다.

하긴 나의 친정 할머님은 이름도 없이 사셨다가 할아버지와 결혼하시면서 할아버지가 당신 이름을 그냥 같이 쓰자고 하셨단다. 그래서 "할아버지는 박지찬, 할머니는 단지찬" 이렇게 두 분이 다른 성에 이름은 같게 됐다고 한다. 그만큼 여자에게 이름이란 어떤 의미도, 가치도 없이 그냥 되는 대로 불렸던 것 같다.

아버지는 내가 태어나기도 전에 유명하다고 하는 작명가한테 가셔서 미리 딸과 아들 이름을 두 개 받아 놓으셨단다. 위로 아들만 셋인 가운데 딸이 태어나자 아버지가 굉장히 좋아하셨다는 이야기도 들었다. 바라는 대로 딸이 태어났으니 받아 놨던 '영옥'이란 이름을 쓸까 하시다가 재차 작명가를 찾아가서 물으니 이름에 '옥' 자가 들어가면 팔자가 사나우니까 쓰지 말라고 해서 다시 지었다고 한다.

그렇게 우여곡절 끝에 지어진 내 이름은 '영혜'이다.

나는 요즘 내 이름을 찾으려고 노력 중이다.

내 이름을 내가 부르고, 내 이름을 듣는 것이 낯설지
않기 위해서, 하루하루 지나온 내 삶 속에 묻혀 있던 내
이름을 찾아서 움직여 보려고 한다.

호랑이는 죽어서 가죽을 남기고 사람은 죽어서 이름
을 남긴다는데 나는 세상에 어떤 이름을 남겨야 할까?

한 남자의 아내로, 두 아들의 엄마로, 그뿐 아니라 뭔
가 이름이 남는 일을 하고 싶다.

내 나이 60대의 중간지점에 와 있지만 늦었다는 생
각은 안 한다.

'100세 시대'에 이제 3분의 2 지점에 왔는데, 지금부
터라도 옷깃을 여미고 큰 숨 한번 쉬고, 달려 보련다.

추억 찾아서

그날은 온종일 내 이름을 실컷 들었던 날이었다.

몇 달 전 어느 날, 오 남매가 모여서 소식을 전하는 '오 남매 톡방'에서 시끄럽게 계속 알림이 울렸다.

-우리가 살던 용산에 그 집 알지? 우리 다 같이 거기 한번 가 보자.

-형님~ 오래전에 삼각지 로터리도 없어졌고, 거기

한창 재개발되고 있던데 그 집이 그냥 있을까요?

　-그러니까 가 보자는 거지, 전에 지나가다 보니 그냥 있던 거 같았어.

　흔적도 없이 사라지기 전에 다 같이 가 보자는 큰오빠의 제안이 나오고도 수개월이 지나서야 우리 오 남매는 다녔던 초등학교 교문 앞에서 만났다.

　재개발 예정으로 빈집들도 있었지만 좁은 골목길의 추억은 그 모양 그대로 그 자리에 멈춰 있었다.

　벽돌을 갈아서 고춧가루랍시고 풀을 뜯어 김치를 만들고, 납작한 돌을 주워 밥상을 만들어서 병뚜껑으로 숟가락이라고 하며 소꿉놀이하는 여섯 살 영혜도 있고, 자치기하며 소리 지르는 남자애들 가운데에 오빠들도 보이고, 들창문으로 "애들아, 들어와서 밥 먹어라" 하고 부르시는 엄마의 목소리도 들렸다.

　주변 집들은 다른 건물들로 바뀌었지만, 다행히도 우

리가 살던 집은 떠나 온 지 50년이 다 되었는데도 변함이 없이 그대로 있었다.

색깔만 바뀐 듯 모양도 그대로인 대문 틈새로 안을 들여다보니, 마당에 있던 포도나무가 보이지 않았다.

동네 아줌마들이 모여서 두 접씩 김장을 할 때면 시끌벅적했던 그 넓은 마당은 절인 김장배추처럼 쪼그라든 것마냥 한없이 작아 보였다.

마당 포도나무에 포도가 익으면 따서 바구니에 담아 놓으시고는, 큰오빠 군대 면회 갈 때 갖고 가야 한다며 아무도 못 먹게 하시던 엄마가 현관문을 열고 "너희들 어디 갔다가 이제들 오는 거냐" 하시며 나오실 것만 같았다.

이런저런 추억들을 꺼내 놓으며 우리 오 남매는 반세기 세월을 오가는 즐거움을 한껏 누렸다. 오롯이 오 남매만 만난 것도 처음이고, 오 남매만 한 식탁에 앉아 식사한 것도 내 생애 60여 년 만에 처음 있는 일이라 적잖이 흥분됐던 하루였다.

　사진을 좋아하셨던 아버지는 집 안에 자그마한 암실을 꾸며 놓으시고, 사진도 직접 인화하셨다. 그런 아버지 덕분에 우리 가족은 매년 초에 가족사진을 찍었다.
　내가 갓난아기였을 때는 흑백 사진이었는데, 아마도 초등학교 입학 무렵 어느 해부터인가 컬러 사진으로 바뀌어 있는 것을 보며 변화되는 세상의 흐름도 한눈에 볼 수 있었다.

　한번은 큰오빠께서 그 사진들을 연도 별로 쭉 늘어놓고 보시면서 "이것 좀 봐! 부모님이 막내만 이뻐하셔서 막내는 늘 예쁜 새 옷 사서 입히시고, 우리 삼 형제는 교복 아니면 그나마 옷도 줄줄이 받아 입혔네"라고 우스갯소리를 하셨다.
　그랬더니 셋째 오빠가 하시는 말씀이 "그래도 형님은 맏이라서 늘 새 옷이셨잖아요. 저는 큰형님 입으셨던 거 작은 형님 입고, 그담에 또 받아서 입은 거라 맨

날 후줄근한 옷만 입었었네요" 하셔서 한바탕 웃었던 일도 있었다.

　가족사진 속에서 봐 왔던 아버지 모습과 오빠들의 점점 없어지는 머리숱이 투영되어 부자지간의 모습이 하나로 된 듯한 기시감도 느끼고, 사진 속에서 봐 왔던 엄마의 우아한 모습을 칠순이 넘어서도 여전히 어여쁜 언니한테서 느끼기도 했다. 세월의 야속함이 뼈저리게 느껴졌다.

　담요와 베개로 집을 짓고 그 안에서 낄낄대며 놀던 어린 오 남매가 어느덧 성년도 훌쩍 지나 노년에 이르러서 한자리에 모여 함께 같은 추억을 끄집어낼 수 있음에 감사하고, 오 남매 모두 건강하게 한자리에 모인 것에 감사하고, 내 이름 '영혜'를 언니, 오빠들의 목소리로 실컷 들었음에 한없이 감사한 날의 기억이다.

고초 당초 맵다지만

요즘은 계절에 상관없이 사시사철 온갖 과일들이 넘
쳐나지만, 40년 전만 해도 제철이 되어야만 먹을 수 있
는 과일들이 있었다.

5월에 결혼식을 하고 얼마 지나지 않아 본격적인 과
일의 계절을 맞았다.

하루는 어머님이 싱싱한 토마토를 사 오셨다.

"벌써 토마토가 나왔어요?"

"그러게, 싱싱하고 좋아 보여서 사 왔다. 이따가 식구

들 다 모이면 맛보자."

신랑은 워낙 직장이 멀어서 밤이나 돼야 들어오니까 제쳐 두고, 같이 살고 있는 중학생 조카가 학교에서 돌아오고, 시아버님 퇴근하시면 저녁 식사 마치고 다 같이 먹을 것으로 짐작했다. 썰어서 설탕 살살 뿌려서 먹을 생각에 벌써부터 토마토 향이 코끝을 자극했다.

그런데 그날도 그다음 날도 아버님이 일이 있으시다며 늦게 오셔서 가족이 함께 식탁에 앉을 기회가 없었다. 냉장고를 정리하다 보니 그 싱싱하던 토마토가 한쪽부터 뭉그러지기 시작했다.

'이런! 비싸고 귀한 게 상했네. 이렇게 되면 못 먹게 되겠는데……'

걱정스러운 마음에 한 입 베어 물게 된 나는 냉큼 두 개의 토마토를 다 먹어 치웠다. 당시 나는 첫아이를 임신한 지 얼마 되지 않았는데 입덧은 없고 식욕이 폭발하고 있었던 것 같다. 버려지기 전에 다 먹고 새로 사다 냉장고에 넣어 둬야지 했던 것을 깜박하고 말았다.

며칠 뒤, 식사 후에 어머님이 냉장고를 뒤지시면서 물었다.

"아가야, 여기 사 뒀던 토마토 어디 갔니?"

"어머니. 그거 엊그제 보니 반이나 뭉그러져서 제가 잘라 내고 먹었는데요."

"뭐라고?"

평소에 온유하신 어머니가 갑자기 역정을 내기 시작하셨다.

"아니, 햇과일이 나왔으면 집안 어르신이 먼저 드셔야지, 그걸 네가 다 먹었단 말이냐!"

주먹보다 조금 큰 토마토 두 개, 그것도 한쪽은 못 먹게 되어 더 상하기 전에 먹어 버렸다는 것이 그렇게나 크게 역정을 내실 일인지 몰랐다.

눈물이 그렁그렁한 채로 눈물이 떨어질세라 달려가서 토마토 한 봉지를 사 들고 오면서 골목어귀에서 어찌나 서럽게 울었는지 모른다. 토마토 하나도 내 맘대로 먹을 수 없는 곳이 시집인 것도 모르고 왜 시집살이를 자처했을까 하면서 나를 원망했다.

남편은 지금까지도 내가 왜 토마토를 싫어하게 됐는지 모를 것이다.

결혼하고 석 달 지나 나의 첫 생일날이 가까워져 오자 시어머님은 손가락을 꼽으시며 말씀하셨다.

"큰어머니, 작은집은 두 분, 그리고… 너희 사촌누이들까지 하면……."
"어머니 뭘 세고 계세요?"
"며칠 후면 네 생일이잖니. 초대할 식구들이 몇 명인가 세어 보는 거야."
내 생일에 친정 식구도 아니고 시댁 친척들을 우리 집으로 초대하신다는 말씀이다. 내 생일날에 집안 잔치라니 놀랄 수밖에.
"아니, 왜요?"
"이건 우리 이북식 풍습이야. 집안에 새 며느리가 들어와서 첫 생일을 맞이하면 일가친척들 초대해서 잔치하는 거란다."

아뿔싸…… 내 생일은 삼복더위 중에 한가운데 날
인데…….

새색시라 거부할 권한도 없이 그날은 왔다.
아침부터 분주히 음식 장만을 하는데, 어머님이 밖에
서 부르신다.

어머니는 마당 한구석에서 작은 풍로에 숯불을 피우
고 계셨다.
"어머니, 더운데 숯불은 뭐 하시게요?"
"아가, 네가 숯불갈비를 좋아하길래 갈비를 구우려
고 하지."

그때 마침 큰어머님이 골목에서 만났다며 사촌시누
이들과 함께 오시고, 어머님은 그분들을 모시고 에어컨
이 시원하게 작동하고 있는 집 안으로 들어가셨다. 원
치 않게 나는 그 숯불의 주인이 되었고 그 자리에 앉아
서 고기를 구워야만 했다.

집 안에서는 오랜만에 만난 친척들의 와자지껄한 소리가 흘러나오고, 나는 에어컨 실외기의 훈풍을 고스란히 맞으면서 숯불이 꺼질세라 부채질을 해 가며 고기를 굽고 있었다. 땀이 비 오듯 흐르는 내 얼굴에도 가끔씩 부채질을 해가면서 고기를 굽노라니 갑자기 서러움이 북받쳐 올랐다.

내 생일인데……. 정작 주인공인 나는 빼고…… 이게 뭐람!

내 생일이 되면 친구들을 집으로 초대하라고 하셔서 맛있는 것도 해 주시고, 내가 좋아하는 백설기도 해 주시던 친정엄마가 미치도록 보고 싶어졌다.

숯불에 고기 타는 연기가 맵다는 핑계로 나는 땀과 눈물이 범벅이 되어도 고기를 계속 구워서 집 안으로 들여보낼 수밖에 없는 처지였다.

난 갓 시집온 이 집의 외며느리니까…….

한번은 이런 일도 있었다.

그때는 정수기도 흔치 않았고 대부분 물을 끓여서 먹던 시절이다.

교실에서 흔히 보던 그 커다란 주전자로 하나 가득 끓여 식혀서 유리로 된 네모난 주스병에 담아 냉장고에 넣어 두고 시원하게 해서 먹었다.

그날은 날씨도 하도 덥고 물이 두 병이나 있기에 한 병 남았을 때 끓여야지 하고는 미뤄 두고 있던 날이었다. 그런데 뒷집에 살던 어린 조카가 와서는 냉장고를 열고 "외숙모, 엄마가 물 좀 갖고 오래요" 하고는 남은 두 병을 홀랑 들고 가 버렸다.

날씨도 더우니까 끓인 물이 빨리 식지도 않아서 아버님이 퇴근해 오셨는데도 미지근한 물을 드릴 수밖에 없었다. 어머님은 미리미리 준비해 놓지 않았다며 꾸중 아닌 꾸중을 하셨다.

속에서 맴돌기만 "어머님 딸이 가져가서 그래요"라는 말을 입 밖으로 내뱉지는 못했다.

시집살이하려면 귀머거리로 3년, 벙어리로 3년 지내야 한다는 말이 있다.

요즘에는 전혀 이해 못 할 이야기일 테지만 돌이켜 생각해 보니 나는 그렇게 살았던 것 같다.

나의 시집살이 이야기는 책으로 묶어도 열두 권은 될 거라고 친구들한테 말하곤 했는데 그 설움과 아픔은 시어머님이 돌아가시고 발견한 당신의 공책을 펼쳐보았다가 스르르 풀렸다. 어머님이 적어놓은 글귀 한마디가 모든 걸 다 잊게 해 줬다.

"에미야, 나를 돌봐주고, 잘 대해 줘서 정말 고맙다."

책임지는 어른

어떤 사람을 '어른'이라고 할까?

세월이 흘러 나이만 먹었다고 어른이라 할 수 있을까?

체격이 크고 성장을 멈췄다고 어른이라 할 수 있을까?

궁금해서 국어사전에서 한번 찾아봤다.

다 자란 사람 혹은 다 자라서 자기 일에 책임을 질 수 있는 사람을 뜻함.

자기 일에 책임을 질 수 있는 사람이라고 한다.

나의 말과 행동에, 나의 의무와 결정에 얼마만큼 책임감을 갖고, 진정한 어른답게 살아왔는가? 한 번쯤 생각해 봤으면 좋겠다.

나도 어른으로서 지나온 나의 삶에 얼마나 책임을 질수 있나 생각해 본다.

뒤돌아보니 내 앞에 남은 길이 지금껏 걸어 온 길보다 짧다는 것을 새삼 깨닫게 된다. 갑자기 조급함이 몰려온다.

그 조급함 때문에 신중하지 못하고 서두른 것은 없었을까?

생각 없이 내뱉은 말 한마디로 누구에겐가 상처를 준 일은 없었을까?

대책도 없이 떠들어 댄 말에 책임도 못 지고, 완결도 못 한 채로 미뤄 둔 일은 없었을까?

사소한 약속일지라도 잊고 지낸 것은 없었을까?

숨 가쁘게 달려와 보니 60 고개를 훌쩍 넘기고 말았다.

우리나라도 2025년부터는 65세 이상의 인구가 총인구의 20퍼센트를 넘어서는 초고령화 사회에 진입하게 된다고 한다. 그렇다면 65세인 나는 그다지 노인층에 들지 않는 거라며 스스로 위안해 본다.

인구의 20퍼센트에 속한다면 그만큼 사회에 책임을 지는 세대라는 것인데, 가정과 사회에서 우리는 얼마나 책임 있는 자세로 살아가고 있는 것인가 뒤돌아보자.

가정에서야 이제 자식들 다 키우고 가르쳐서 결혼시켰으니 웬만큼 책임을 다했다고 볼 수도 있지만 사회는 아직도 우리가 책임져야 할 일이 많이 있다.

남의 탓으로 돌리지 말고, 나부터라는 마음으로 하나씩 하나씩 이 시대의 주인의식을 갖고 변화를 주도해 가는 책임 있는 어른이 되자.

오늘 아침에 티브이를 보는데 "생전에 자식에게 유산을 물려주고 나면 나는 뭐가 될까요?"라는 질문에 이런저런 대답이 많이 나왔지만, 정답은 "짐"이라고 사회자가 말한다.

재산을 자식에게 물려주고 나면 나는 자식에게 '짐'이 된다고 하니, 생전에 자식에게 절대로 유산을 상속하지 말고, 자식과의 금전거래도 반드시 이자를 받고 차용증도 쓰라고 일러 준다.

우리는 자식에게 보상 따위는 바라지 않고 무한정으로 베풀고 퍼 주면서 살아왔기에, 소위 전문가라는 사람이 방송에서 그렇게 옳은 말을 하더라도 실제로 자식에게 돈을 주면서 이자를 받거나 차용증을 받는 일을 실천할 사람은 그리 흔하지는 않을 것 같다.

그러나 머리로는 그래야 할 것 같다는 생각도 든다.

세상이 바뀌는 것처럼 우리도 변해야 한다.

자식을 사랑하는 것만큼이나 나 자신도 사랑하며 살아 보자.

나의 말에, 나의 행동에, 나의 결정에 책임지는 어른

이 되자.

　이름만 어른이 아니고 내실 있는 진정한 어른이 되자.

　꼰대가 아닌, 어른이 되자.

점점 엄마를 닮아 가는 나

대부분의 우리 엄마들은 가족을 위해 '나'를 버리고 살기 마련이다.

결혼하면서 이름까지도 미련 없이 버리고 누구 엄마, 누구의 아내로만 산다.

조금은 자기 생각을 해도 괜찮았는데 너무 일방적인 희생만을 배우며 자라 왔다.

환경이 그랬다.

전기보온밥통이 없던 시절에 늘 아랫목을 차지하고 있던 따습고 맛있는 금방 지은 밥은 아버지나 오빠들 몫이었다.

엄마는 늘 찬밥이나 누룽지 밥을 드셨다. 그 모습을 보면서 커 왔기에 나도 당연히 그래야만 하는 줄 알았다.

생선을 먹을 때면 당연히 대가리만 먹게 됐고, 밥상에 남은 밥이나 반찬은 버리기 아까워서 먹어치우다 보니 자연스레 뱃살이 차올랐다. 목 늘어난 티셔츠와 추리닝 바지는 '집에서 입는 건데 어때'란 명목으로 엄마들 차지가 되어 버리는 게 당연하다고 생각해 왔다.

그런 걸 보고 자라면서 난 엄마처럼 저렇게 살지 않을 거라고 다짐했건만, 지금의 내 모습은 딱 엄마의 거울이 되어 있다.

"호되게 시집살이한 며느리가 호된 시집살이 시키는 시어머니가 된다"더라는 옛말이 틀린 게 하나도 없는 것 같다.

한편으로 친정 엄마는 동네에서 '신가다'라는 별명으로 불릴 정도로 화려한 것도 좋아하셨고 언제나 남들보다 먼저 유행을 앞서 가는 편이셨다. 내가 그런 면에서 엄마를 좀 닮은 것 같다. 엄마의 옛 사진에는 얼굴에 선글라스가 씌어 있는 모습을 심심찮게 볼 수 있고, 엄마는 손톱을 길게 기르면서 빨간색 매니큐어를 칠하기도 하셨다.

어린 내 맘에 '나도 크면 엄마처럼 손톱을 예쁘게 칠해야지'라고 생각했는데, 그런 것도 웬만큼 부지런하지 않으면 못 할 일이란 걸 나는 주부가 되고서야 알았다.

엄마는 우리 오 남매를 키우시면서도 자신을 가꾸시고 꾸미는 일에도 소홀하지 않으셨다. 늘 부지런하셨다.

엄마가 돌아가시고 주방 살림을 정리하는데 깨끗이 씻어 말린 콜라병이며, 일회용 플라스틱 용기들이 왜 그렇게 많았는지, 언제 다 쓰시려고 중국집 이쑤시개를 그렇게나 모아 두셨는지, 나는 그것들을 버리면서 투덜

거렸다. 그러던 어느 날 나는 싱크대 서랍을 열어 보고 불을 한 번 켰다가 끈 생일 초까지 있는 걸 보고 '난 영락없는 엄마 딸'임을 확신하게 되었다.

방송에 출연할 당시 메이크업을 받고 거울을 보는데, 나 자신도 깜짝 놀랄 만큼 거울 안에서 엄마를 만나곤 했다. 그렇게 외모뿐 아니라 행동까지도 점점 엄마를 닮아 가고 있었다. 내게는 날 닮아 갈 딸이 없음을 감사해야 하는 건지 아쉬워해야 하는 건지 잘 모르겠다.

엄마의 환갑잔치를 한다며 한복을 맞추고 장소를 알아보던 일이 엊그제 같은데, 엄마는 보고 싶어도 마음대로 보러 갈 수도 없는 곳으로 가셨다. 어느새 내 환갑도 지난 지 오래전 일이 되어 버렸다.

"엄마 닮지 말아야지!"
"엄마처럼 살지 않을 거야!"
그렇게 외치는 딸들에게 엄마가 하는 말이 있다.

"이담에 너랑 똑같은 딸 낳아 봐라. 그래야 이 에미 맘을 알지."

세월 따라 변하는 것들

아들 집 옷방에 가면 청바지가 수십 벌 걸려 있다.

한번은 그곳에 들어갔다가 때가 타서 반질반질한 것이 언제 빨았는지 알 수 없는 바지가 내 눈에 띄었다.

"이거 언제 빨았니? 원래 이런 거야?"

"아뇨~ 왜 빨아요? 청바지는 안 빨고 입는 거예요. 그래야 더 멋있어요."

이해가 안 갔지만, 요즘은 그렇다고 하니 인정할 수밖에…….

그럴 때 우리의 생각대로 옷을 왜 안 빨고 입냐는 둥, 아무리 그래도 빨아야지 무슨 소리냐고 되받아치면 잔소리라고 하면서 대화가 단절될 수밖에 없지 않겠나?

예전에 시어머님은 시조부모님의 모시 한복을 빨 때는 다 뜯어서 빨고 풀 먹이고 인두질한 뒤 다시 바느질해서 드렸다고 말씀하시곤 했는데, 그 말씀을 들을 당시 난 그게 도통 이해가 되지 않았다. 주로 침대 생활을 하는 요즘, 아이들에게 예전에는 이불 홑청을 뜯어서 빨아서 풀 먹이고 다듬이 방망이질해서 다시 꿰매서 썼다고 하면 이해를 못 하는 것과 다를 바가 없다.

이처럼 세월의 흐름에 따라 변해 가는 많은 것들을 빠르게 받아들이고 이해할 수 있어야 세대 차이니 뭐니 그런 소리 안 듣고 소외당하지 않을 것 같다.

하지만 세월 따라 변하는 것 중에 수용이 안 되는 것이 있다. 바로 결혼식 문화다. 우리는 결혼식 때 신부가 웃으면 딸 낳는다고 어른들이 눈도 치켜뜨지 못하게 하고 웃지도 못하게 하셨다.

그런데 요즘 결혼식은 일생에 큰 이벤트니까 파티 분위기로 해야 한다면서 신랑 신부가 음악에 맞춰 율동을 하는가 하면, 신부가 노래도 부르고 춤도 추고, 심지어 양가 부모가 춤을 추며 식장을 웃음바다로 만들기도 한다. 마지막엔 하객들의 박수를 받으며 신랑 신부가 키스하는 게 당연한 의식이 되었다.

그래도 난 결혼식만큼은 진지하고 엄숙하게 진행되는 것이 좋다는 생각한다.

최근에 둘째 아들의 결혼 준비를 하면서 아들과 예비 며느리에게 넌지시 물어봤다.

"너희도 결혼식장에서 춤출 거니?"

"아니요. 어머니. 저희는 그런 게 제일 보기 싫어요. 절대로 안 할 거예요."

그럼 그렇지! 혹시나 우리 애들도 어색하고 우스꽝스

럽게 율동을 하면 어쩌나 걱정이었는데, 그제야 안심이
되었다.

또한 우리는 불필요한 허례허식도 다 없애기로 사돈
되실 분과 뜻을 모았다. 사주단자니 함은 물론 폐백도,
예단도 일절 안 하기로 했다.

그건 40년 전에 이미 내가 결심을 했던 일이다.

결혼 준비를 하던 때에 사촌 시누이들 몫까지 예단을
챙겨 오라는 시댁과 누가 예단을 사촌 시누이들 것까지
하냐는 친정 사이에서 나는 몹시 불편하고 괴로워했다.
이다음에 내 아이들 결혼 시킬 때는 절대로 예단이나
혼수 같은 건 안 할 거라고 그때 다짐했다. 이것 또한,
사돈과 의견이 일치되어야만 가능한 일인데 다행히 같
은 생각을 하는 사돈을 만나 마음먹은 대로 혼사를 치
를 수 있었다.

40년이나 흘렀는데도 아직도 나의 장롱 서랍 깊숙한
곳에는 온통 한자로만 쓰여 있어서 낯설고 알아보기도

힘든 '혼서지'라는 것도 있고, 청실홍실로 묶인 포장지도 그대로인 옷감 뭉치도 몇 개 있다. 이런 것이 지금은 다 필요 없어진 우리네 허례허식이 아니면 무엇이랴!

예단비, 꾸밈비, 봉채비 이런 명목으로 현금이 오가는 그런 혼례식 문화는 언제부터 생겨난 것인지 모르겠다. 사랑하는 남녀가 만나 가정을 이루고 시작하는 첫 자리에 진심 어린 축복을 해 주면 충분하지 않을까. 현금이 오가면서 그 금액의 많고 적음으로 당사자들에게 스트레스를 주는 그런 부모는 되지 말자.

남의 이목을 의식해서 심지어 대출을 받아서까지 그런 것들을 하고 나서 결혼생활 내내 빚을 갚느라 허덕거리고, 그래서 출산도 미루는 이런 사회 풍조는 빨리 사라져야 한다.

세월 따라 변해 가는 풍조에 맞게 버릴 것은 과감하게 버리고, 유지할 것은 유지하는 지혜를 발휘할 세대가 바로 변화의 중간 지점에 놓여 있는 우리 5060 세대가 아닌가 싶다.

예전에는 은행에 가서 번호표 뽑고 순서를 기다리곤
했는데, 현금인출기가 생기고 참 편리해졌다, 그런데
텔레뱅킹이 나오고 또 얼마 지나지 않은 지금은 스마트
폰에서 앱을 통해 24시간 모든 은행 업무를 처리할 수
있으니 얼마나 편리한 세상인지 모르겠다.

그런데 가끔 은행에 가 보면 현금인출기를 다룰 줄
모르는 노인분들이 우왕좌왕하는 모습을 보기도 한다.
어르신들이나 장애인들같이 기계 조작에 서툴고 어
려운 분들도 편리함을 누릴 수 있도록 친절히 안내하는
배려가 조금 아쉽다. 그래도 요즘은 큰 글씨로 되는 기
계도 있고, 점자 안내 기능이 있는 것도 있어서 그런 점
은 다행이지 싶다.

주민등록등본을 비롯한 각종 서류, 심지어 졸업증명
서나 성적증명서 등이 필요할 때 동사무소까지 갈 필요

없이 스마트폰에서 간단한 조작으로 1분도 안 걸려 서류를 받을 수 있다는 것도 최근에서야 알았다.

어렸을 때 앞으로는 줄 없는 전화기도 나올 것이고, 얼굴을 보며 통화가 가능하게 될 수도 있다고 들었을 때는 어떻게 그런 게 가능할까 하며 과연 그런 일들이 우리 앞에 펼쳐질 수 있을까 궁금했었는데, 그리 오래지 않아서 이 모든 게 현실이 되었다. 이제 곧 우리는 발품을 들여 장을 보고 요리도 하지 않고, 우주인처럼 캡슐 몇 알로 하루에 필요한 영양소를 다 섭취하는 날이 올지도 모르겠다.

얼마 전부터 식당에 가면 주문을 받으러 직원이 오는 게 아니라 테이블마다 비치된 단말기를 통해서 주문하거나 키오스크라고 불리는 기계 앞에 가서 음식 사진을 보면서 직접 주문을 하게 되어 있는 곳이 많아졌다.
심지어 삐리삐리 하며 로봇이 음식을 가져다주는 곳도 있다.

사람이 할 일을 점점 기계에 빼앗기고 살게 되니 앞으로 사람들은 무얼 하며 살게 될까?

처음 식당에서 그런 기계와 마주했을 때, 손주 녀석이 선뜻 잡고는 "할머니 뭐 드실래요?" 하는데 어깨너머로 아이가 하는 걸 눈으로 부지런히 익혔다.

아이들은 학교에서 그런 걸 배우는 것도 아닐 텐데 겁도 없이 기계를 잘도 만진다. 실제로 손주는 키오스크를 다룰지 몰라 당황하시는 어르신들을 대신해서 주문해 드린 적도 있다고 한다.

그래서 요즘은 문화센터나 노인복지관에서 '키오스크 다루기', '스마트폰 이용하기'란 강좌도 만들어졌다고 한다. 이제 낯선 기계들이 어색하고 무섭다고 뒷걸음질하지 말고 적극적으로 배우고 알아 가려고 노력해야 할 것이다.

피할 길 없는 황혼 육아

우리 1950~60년대에 출생한 세대들은 부모를 모시고 살아온 마지막 세대이며, 자녀에게 부양받지 못하는 처음 세대라고 해서 "마처 세대"라고 부른다고 한다.

부모님 모시고 살면서 자식 키워 놨더니 이제는 손주를 맡아 키워 줘야 하는 우리는 '돌봄 전문가'가 아닌가 싶다.

실제로 내 주변에도 손주를 도맡아 돌봐 주는 황혼

육아를 하는 친구들이 적잖이 있다.

그중 내가 선두주자가 아니었나 싶지만 나는 그리 많지 않은 나이에 다 치러 냈으니 다행이다. 지금 이 나이에 손주를 안고 업어 주면서 봐 주는 일은 말처럼 그리 쉬운 일이 아니다.

어렵사리 자식 뒷바라지해서 키워서 공부 가르치고, 번듯하게 사회에서 자리 잡고, 결혼시켜서 손주의 탄생을 지켜보는 것은 복된 일이다. 하지만 아기 때문에 직장을 그만둬야만 하는 자식이 있다면 엄마 마음에 일단 "내가 키워 줄게"라는 말이 나올 수밖에 없다.

심심치 않게 들리는 어린이 시설에서의 어처구니없는 사고들, CC-TV를 설치해 놨다 해도 안심하고 믿고 맡길 만한 곳이 없는 세상이 되어 가고 있다.

더구나 요즘은 외벌이로 살아가기 힘든 세상이 되었다.

경제적인 이유가 아니더라도 자식의 앞날에 브레이크가 걸리면 안 되니까 모성 본능을 발휘할 수밖에 없다.

어느 지자체에서는 손주 돌봄 수당을 준다고는 하지만 아이 돌보는 일이 약간의 수당으로 보상될 만큼의 수고는 전혀 아니다.

더구나 황혼 육아의 스트레스는 이루 말로 할 수 없는데 자식들은 그것을 눈치나 챌까? 정신적인 스트레스뿐 아니라 육체적으로도 매우 힘들다는 것을 자식들이 알았으면 좋겠다.

얼마의 용돈보다 더 중요한 건 공감과 더불어 가끔은 '쉼'이라는 시간을 드려야 한다는 걸 알아야 한다.

엄마도 가고 싶은 곳도 있고, 보고 싶은 공연도 있고, 만나고픈 친구도 있고, 때로는 홀로 파도 소리 들으며 물멍, 불멍도 필요하니까.

손자를 양육하고 있을 당시 나는 우연히 검사받을 기회가 있었는데, 육아 스트레스 지수가 매우 높게 나와서 놀랐던 기억이 있다.

손주가 너무 예쁘다 보니 나 자신도 미처 의식하지 못하고 지냈다. 나 자신도 모르는 내 몸과 마음의 상태를 하물며 자식들이 알아줄 리 없겠지만, 자식들은 황혼 육아가 엄마에게도 힘겨운 일이란 걸 알고, 인정하고 감사의 말이라도 따뜻하게 건네드려야 한다는 것을 잊지 말아야 한다.

피할 수 없으면 즐기라는 말이 있다.

피할 수 없는 현실이라면, 어쩌겠나 즐기면서 해야지.

100세 시대의 적

시어머님도 그러셨지만, 친정 엄마도 아침에 집안일을 다 마치고 나면 자식들과 통화하시는 게 하루의 일과였다.

한번은 친정 엄마와 통화를 하는데, 엄마의 목소리가 예전 같지 않았다.

"엄마, 지금 뭐 드시면서 말씀하시는 거예요?"

"아니다. 얘는 먹긴 뭘 먹어?"

갑자기 엄마가 사탕을 입에 물고 있는 것처럼 어눌하

게 말씀을 하시는 것이다. 난 일부러 이런저런 질문을
해서 엄마의 목소리와 어투를 주의 깊게 들어 봤다.

느낌이 이상했다.

난 그 길로 친정으로 향했고, 엄마를 모시고 병원에
갔다.

진료하신 의사 선생님은 뇌경색 증상이 보인다고 하
며 일찍 발견해서 천만다행이라고 하셨다. 엄마는 바로
입원하셔서 치료받으셨다.

사람들은 요즘을 '100세 시대'라고 말한다.

실제로 주변에 100세를 넘기신 어르신도 계시고,
100세 가까이 되신 어르신도 어렵지 않게 만날 수가
있다.

건강하게 100세를 누리면 두말할 나위 없이 좋겠지
만, 쉽지 않은 게 현실이다.

심근경색, 뇌출혈, 고혈압, 당뇨 등 성인병도 겁나지
만 100세 시대에 가장 두려운 것 중 하나는 치매일 것
이다.

치매를 막으려면 운동을 하고, 스트레스를 받지 말라고 하는데 그러나 살다 보면 어떻게 스트레스를 안 받을 수 있겠는가? 얼마 전 뇌의 나이를 돌려준다는 색다르고 효과적인 방법이 있다는 기사를 읽은 기억이 난다.

정말 뇌 나이를 되돌릴 수 있을까?

홈쇼핑과 건강 관련 정보 프로그램에서는 앞다투어 뇌 영양제라는 제품을 알리고 팔기에 전력을 쏟는다. 그걸 보고 있노라면 하루라도 빨리 사서 먹어야 할 것 같다는 생각이 든다.

나이 들면서 기억력이 떨어지고 치매 위험이 커지는 건 뇌에 노폐물이 쌓이고 뇌 크기가 줄어들기 때문이라고 한다.

실제로 친정아버지께서 치매 증상이 있으셨을 때 뇌를 영상 촬영한 적이 있다. 사진을 보며 의사 선생님은 검은 부분이 뇌세포가 죽은 부분이라고 설명하셨다. 뇌세포가 죽는다는 것을 그때 처음 알았다.

뇌 기능 자체도 떨어지는데, 찌꺼기가 쌓이고 작아진 뇌를 정상 상태로 되돌릴 수는 없지만, 뇌 기능이 떨어지는 속도를 늦출 수는 있다고 하니 귀가 번쩍 뜨인다.

이미 노폐물이 쌓이고 작아진 뇌라 하더라도 노력을 통해 충분히 정상 생활을 할 수 있다고도 한다. 평소 긍정적이고 낙천적으로 살면 치매 증상이 없었다는 연구도 있다. 그러니 스트레스받지 말고 즐겁게 살자.

또한 뇌 신경 세포를 자극하기 위해서는 익숙하지 않은 것에 도전해야 한다고 한다. 일상에서 쉽게 실천할 수 있는 것으로는 한쪽 눈 감고 식사하기,

왼손(평소 안 쓰는 손)으로 머리를 빗거나 양치질하기,·밥 먹기, 뒤로 걷기 등이 있겠다.

평소 안 하던 걸 수행할 땐 기억력과 관련 있는 전두엽이 활성화되면서 뇌 전반의 노화를 늦출 수 있다고 한다.

위에서 말한 것들은 크게 힘들고 어려운 일 아니니까 실천해 보는 게 좋겠다.

또한 그림을 그리면 시각적, 공간적, 언어적 요소와 그리는 행위로 인한 운동적 요소가 모두 활성화되기 때문에 기억력이 향상된다고 한다.

요양병원 등에서 어르신들이 프로그램으로 미술 활동을 하시는 게 이런 효과가 있기 때문인가 보다.

그러니까 미술에 자신이 없더라도 주변에서 보이는 것들을 한번씩 그려 보는 것도 좋겠다.

100세 시대의 비결로 규칙적인 운동을 손꼽고 있지만, 사실 운동을 습관처럼 하기는 쉬운 일이 아니다.

그렇다면 힘들고 지겨운 운동 대신 춤을 추는 건 어떨까?

어떤 조사에 따르면 사교댄스를 췄더니 기억력, 학습력, 공간지각력 등이 개선됐다고도 한다. 춤을 추려면 육체적인 것뿐 아니라 정신적, 정서적, 사회적 기능도 총동원되기 때문에 인지 능력이 개선된다는 것이다.

다같이 오늘부터 음악을 틀어 놓고 거울을 보며 막춤이라도 추어 보자.

그렇다면 아이를 돌봐 주고, 함께 놀아 주는 것으로도 치매를 예방할 수 있다고 할 수 있지 않을까?

아이에게 책을 읽어 주거나 함께 놀아 주면서 뇌가 자극을 받기도 하겠지만, 그렇다고 육아가 노동이 돼선 안 된다고 생각한다. 아이를 돌보는 게 즐겁지 않고 스트레스로 작용한다면 오히려 뇌의 노화를 부추길 수 있을 테니까.

나는 손주를 돌봐 주는 것이 치매 예방의 지름길이라는 결론을 얻었다.

왜냐하면 손주를 키우면서 같이 그림도 그리고, 율동도 하고, 그동안은 안 하던 일들을 하게 되니 이것이 치매예방이 되지 않을까 싶다.

아하! 그럼 우리 기쁘게 황혼 육아를 즐깁시다.

2부

인생은 끊임없는 도전

인생 친구

삐 요로 이~ 삐 요로 이~ 삐삐 뿌

삐 요로 이~ 삐 요로 이~ 삐삐 뿌

집 안 어디에선가 전화벨 소리가 요란하게 계속 울린다.

안 받는데도 끊지 않고 연거푸 계속 울려 대는 걸 보니, 급한 용건인가 보다.

'에잇! 설거지하는데…… 귀찮게…….'

"누구 핸드폰이야? 전화 좀 받지…….”

구시렁대며 고무장갑을 벗고 거실을 둘러보니 샤워 중인 손주 녀석 핸드폰에서 벨 소리가 울리고 있다.

"할머니 제 거예요. 거기에 이름이 누구라고 떠요?”

그런데 이런……!

'인생 친구 00'

우리는 소꿉친구. 배꼽 친구로 불렀는데, 인생 친구라니….

고작 열세 살짜리가 인생이란 단어가 주는 깊은 뜻을 알기나 할까?

고 최희준 씨는 인생은 〈나그네 길〉이라며 깊은 울림이 있는 노래를 불렀다.

그 외에도 〈인생은 미완성〉이라는 노래도 있고, 〈인생은 아름다워〉라는 영화도 있다.

'인생 네 컷'이란 간판도 보이는 걸 보니, 요즘은 중요하거나 강조하고 싶은 것 앞에는 '인생'이란 단어를 접두사처럼 붙여 쓰는 것 같다.

이렇게 사람들은 인생이란 주제로 다양한 연구도 하고, 작품도 만들고, 마케팅의 소재로 삼기도 하는 걸 보니 인생이란 게 인류의 최대 관심사이긴 하나 보다.

그러면 열세 살에게 인생 친구는 어떤 친구일까? 궁금해서 손주에게 물어봤다.

"할머니, 그건요. 친구들 중에 제일 친하고 어른 돼서도 계속 친하게 지낼 친구한테 그렇게 써요. 할머니의 인생 친구는 누구예요?"

갑작스러운 질문에 망치로 한 대 맞은 느낌이었다.

한 번도 생각해 본 적이 없었으니까 말이다.

중년 여자에게 꼭 필요한 것 세 가지는 친구, 돈, 찜질방이라는 우스갯소리가 있다. 그렇지만 내게 인생친구라 꼽을 수 있는 친구는 몇 명이나 있을까? 나의 깊은 속까지 숨김없이 모두 다 얘기할 수 있는 그런 인생 친구는 얼마나 될까 생각해 보니 다섯 손가락이 무색하다.

"누구긴 이 녀석아, 할머니 인생 친구는 할아버지지
~"

내 인생을 한 단어로

　엄마는 내가 다방면에 재능이 많고, 뭐든지 잘 알고 있다고 '만물박사'라고 부르셨는데, 친구들은 나에게 '박물관'이라는 별명을 붙여 줬다.

　내가 박씨 성이기도 하지만 그래서 붙여준 건 아니다.

　"요즘 너처럼 사는 여자가 어딨니? 시부모 모시고 사는 것도 대단한데, 하루 열 번 밥상 차리고, 눈치 보고 외출도 못 하고, 좌우간 너는 박물관에 가서 앉아 있어야 할 애야.”

“왜 걸어 다녀! 박물관에 들어가서 앉아 있어라!”

일 년에 몇 번 안 되는 친구들 모임에 못 나간다고 말했다가 듣게 된 소리이다.

내 인생을 한 단어로 표현하면 어떤 단어일까 곰곰이 생각해 보았다.

나의 삶을 쭉 돌이켜 생각해 보니 가장 먼저 떠오르는 단어가 한 개 있다.

‘밥.’

한때 나는 내 머릿속을 정밀한 카메라로 찍어 보면 ‘밥, 밥, 밥, 밥……’ 이렇게 쓰여 있으리라 생각한 적이 있다.

그만큼 하루 세끼 ‘밥’에 대한 스트레스가 엄청 심했다.

결혼하자마자 시어머님으로부터 주방을 인수하고, 새댁 때부터 하루에 열 번의 밥상을 차리며, 세끼 반찬 걱정부터 하며 살았다. 친정에 가든 어디를 가든 시어른 식사 때문에 서둘러 귀가해야만 했고, 그 후로도 지금까지 40년을 그렇게 지냈다.

대부분 주부도 거의 비슷하게 생활하지 않을까?

그렇다면 내 인생을 '밥'이라고 하기에는 적절치 않다는 생각이 든다.

그렇다고 내가 박물관에 들어갈 만큼 고귀한 삶을 산 것도 아니니 박물관도 아니고, 그렇다면 내 인생은 무엇이었을까?

특별한 이슈 없이 그저 평범한 가정에서 시부모님 모시고, 아이들 낳아 키우고 남편 내조하면서 '보통주부'로 살아온 나다.

그러나 가끔 친구들은 이렇게 나를 특별하다고 말했고, 그런 말을 들을 때면 난 정말로 특별한 삶을 사는 것 같다는 생각이 들기도 했다.

인생은 60부터라고 그러더니 진짜로 특별하다 싶은

나의 삶은 어쩌면 말 그대로 60이 되면서부터인 것 같다.

최근에 나는 연예인 아들 덕에 티브이 프로그램에 출연했고, 방송 후에 어디를 가든 많은 사람이 나를 알아보게 되면서 그런 생각은 더욱 짙어졌다.

어떻게 두 아들을 배우와 가수로 키웠냐며 대단하다 하고, 방송에서 간간이 나의 숨겨진 끼를 발산하게 되면서 스스로 나의 삶을 특별하게 만들고자 하는 잠재욕구가 표출되는 것이 아닌가 싶었다.

그렇다면 내 인생은 '특별'할까?

그것도 아니다 싶다.

나는 얼마 전에 감독으로 영화를 한 편 만들었다.

영화나 연극 관람을 좋아하기는 하지만, 영화를 전공했던 것도 아니고, 더더욱 영화감독은 오랫동안 품어온 숨겨진 나의 꿈도 아니라고 생각했다.

여자에게 더구나 60 줄을 넘긴 주부에게 '꿈' 따위는 사치와도 같다는 사회의 통념이 자리 잡고 있는 현재 우리나라에서 꿈을 잊고 살아온 지 오래다.

그렇지만 기회는 예고도 없이 내게 다가왔다.

예순세 살에 영화감독에 도전한다는 건 조금은 무모하다 싶은 도전이었지만, 결과보다는 시작과 과정이 더 중요한 게 아닐까?

어차피 우리의 삶은 '도전'의 연속이다.

첫걸음마를 할 때부터, 아니 세상에 태어나는 순간부터 삶의 모든 것이 '도전과 응전'의 하루하루가 아닌가 생각한다.

이렇게 돌이켜 살펴보니 내 인생을 표현한 단어는 '도전'이라고 말하고 싶다.

실제로 나는 많은 것을 배우고, 자격증 따는 것에 도전했다.

아직도 배우고 싶고 도전하고픈 게 많은 나는 '할 수 있다. 해 보자' 하는 마음만 붙잡고 있으면 된다고 생각한다.

기회가 왔을 때 붙잡고 노력하면 누군가는 도와줄 것이고, 협력자도 생긴다. 세상은 혼자 사는 게 아니니까!

내가 그만큼 베풀고, 더불어 살았다면 어떠한 모습으로든지 그 대가가 반드시 돌아온다는 것을 믿는다.

예상 못한 도전 기회

"언니~ 착하고 예쁜 아이인데, 안산으로 이사한다 네요. 연고도 없이 혼자서 많이 낯설 텐데 언니가 좀 돌봐 주세요. 부탁할게요."

어느 날, 성남에 있는 장애인 주거 시설에서 자원봉사 활동을 하면서 알게 된 복지사로부터 전화가 왔다.

중증 장애로 하반신을 쓰지 못한 채 휠체어에 의지해서 생활해야 하는 그녀는 아는 이 하나 없는 안산으로 이사를 왔다.

우리는 그렇게 알게 되었고, 나는 크게 도움이 되어 주지는 못하고, 그저 시간이 나는 대로 그녀의 집에 찾아가서 말동무를 해 주곤 했다.

출석 교인 중에 유독 장애인이 많은 우리 교회로 전도하여 장애우 친구들과 교류할 수 있도록 안내해 주고, 주일마다 휠체어를 싣고 내리며 그녀를 데리고 교회를 다니느라 내 팔뚝이 더 굵어졌다.

그렇게 몇 년이 흐른 뒤, 그녀가 뇌병변 장애가 있는 한 남자를 만나 사랑하게 되었고, 드디어 결혼식을 한다는 소식이 왔다.

아름답고 감동적인 결혼식은 한 단체에서 주관하여 아이디어를 낸 자원봉사자들 덕에 사랑과 봉사가 가득한 분위기에서 진행됐다.

두 사람의 만남과 결혼의 모든 과정이 대학생 연극동아리의 연극으로 재연되었고, 그 짤막한 연극이 끝나고 결혼식이 이어졌다. 너무나 감동적이고 의미 있는 예식이었다.

결혼식을 마치고 돌아와 그 이야기를 사진과 함께 내 SNS에 올렸는데, 뜻하지 않게 그것을 보고 그들의 사랑 이야기로 단편영화를 만들고 싶다는 연락을 받았다. 많은 사람이 영화를 보고 감동하게 되면, 장애에 대한 인식을 개선하는 데 기여도 하고, 장애인도 우리와 다르지 않다는 걸 알게 될 거라는 제작자의 말은 충분히 설득력이 있었다.

그 부부에게 그러한 영화 제작의 뜻을 전달하고 제작자와 만나게 해 줬다.

거기까지가 내가 할 일의 끝이라고 생각했다. 그런데 나더러 그들의 모든 걸 잘 알지 않느냐면서 영화 작업에 참여해 완성도를 높여 보자며 시나리오 집필부터 연출까지 모든 걸 함께 하자는 제의를 받았다.

그건 내가 도전장을 내밀기에 충분히 달콤했다. 나의 잠자고 있던 '도전 버튼'이 눌려서 찌릿찌릿한 전율이 느껴지기 시작했다.

모르는 건 물어보고 배우면서 하면 된다지만 무엇보다 '나이' 문제가 제일 마음에 걸렸다. 젊은 감독과 스태프 사이에서 낯선 그들과 새로운 일을 함께한다는 게 생각처럼 쉽지 않을 거라는 생각도 들었다.

내 나이 예순 하고도 셋인데…….

나이는 숫자에 불과하다지만 일부 대중들은 '할머니가 손주나 키우지 뭘 하겠다고 그러나' 이렇게 생각하는 게 아닐까 하는 걱정이 앞섰다.

내가 처음 운전을 배웠을 때 사람들이 앞에서 머뭇거리는 '초보 운전'이라고 써 붙인 차를 보면서 "아줌마는 집에 가서 밥이나 하시지" 하는 얘기가 듣기 싫어서 조금은 과감하게 운전을 하기 시작했다.

왜 아줌마는 밥이나 하라는 거지?

아줌마도 절차를 밟아 시험에 합격해서 면허를 취득한 건데, 아줌마라는 이유로 왜 그런 이야기를 들어야만 하는 건지, 나는 그런 편견들이 너무 싫었다.

운전이나 주차를 못하는 내용의 '김 여사 이야기' 시리즈도 아줌마의 능력을 비하하는 내용이라 썩 유쾌하지만은 않았다. 나도 아줌마니까…….

그래서 생각했다.

'이담에 눈 감는 순간이 됐을 때 후회하지 말자. 남들이 못할 거라고 여길 때 나는 할 수 있다는 걸 보여 주자. 집에서 밥만 하는 아줌마가 아니라는 걸, 손주나 키워야 하는 할머니가 아니라는 걸 말이다.'

그리고 또 다른 걸림돌은 하나부터 열까지 다 내 손이 거쳐 가야 하는 집안일이며, 특히 손주의 뒤치다꺼리 등 마음에 걸리는 것투성이었지만, 남편이나 아이들도 크게 반대하는 의견은 없었고, 그저 나의 결정만을 기다리는 눈치였다.

느닷없이 영화가 내 인생에 들어오다니….
나의 지나 온 나날들을 돌이켜 봤다.

그리고 구겨 버리다시피 한 나의 꿈들을 떠올려 봤다. 60년의 세월 속에 묻어 놨던 나의 꿈은 무엇이었던가?

이렇게 현모양처로 안정적인 삶을 사는 것, 이것이 전부는 아니었는데…….

손주에게 재미있게 동화책을 읽어 주려고 배웠던 동화구연과 마술로 배움의 동료들과 뜻을 모아 자원봉사를 목적으로 동아리를 만들었다. 그것이 발전하여 매직 아동극단 '마구마구'란 이름으로 문화 소외계층에게 찾아가서 공연하고 사랑을 나누었다. 그리고 지난 10년간의 봉사활동이 이렇게 '영화'라는 것에 집결하기 위한 준비 작업들이 아니었을까 하는 생각도 들었다.

신혼 첫날부터 시부모님 모시고 살면서 친구들과 모임이나 여행 한 번 제대로 해 보지 못하고 눈치만 보며 살았는데, 이번에도 망설이고 결단하지 못하고 주저앉는다면 다시는 내게 이런 기회조차 오지 않을 것만 같았다.

생각해 보면 나는 세상에 나오고 싶었던 게 아닐까?

나의 선택의 굴레에서 이제는 벗어나고픈 열망에서?

내 속에서 꿈틀대는 나도 미처 알지 못하고 지내 온 그런 꿈이었을까?

그렇게 결정을 못 하고 밤마다 잠을 설치며 망설이고 망설였다.

마지막에는 남편이 내가 결정을 내릴 수 있도록 격려를 해 줬다.

"당신 평생 시부모님 모시고 사노라 하고 싶은 것도 못 해 보고 고생만 했고, 한승이도 이만큼 컸으니 이젠 당신이 하고 싶으면 해 봐요. 당신은 잘할 수 있을 거야."

어느새 남편은 내 마음을 꿰뚫어 보고 있었나 보다.

'그래 하자! 할 수 있다. 난 할 거야! 보란 듯이 아주 잘 할 거야!'

이렇게 마음을 먹고 나니, 갑자기 의욕이 샘물처럼 솟구쳐 오르기 시작했다.

사실 영화를 만들면서 처음 접해 보는 많은 것들 앞

에 당황하고 긴장하면서도 떨리지 않는 것처럼 보이려고 끊임없이 노력해야만 했다.

'모르는 것은 죄가 아니다, 모르면 배우면 되는 거니까.'

이렇게 마음먹고 나는 영화에 도전을 시작했다.

인생 영화 만들기

우선은 영화 용어부터 알아야겠다는 생각에서 '영화 영상 용어사전'을 사서 공부를 시작했다. 게다가 태성이가 공부에 도움이 될 거라며 자신이 공부하던 영화 관련된 여러 권의 책을 갖고 왔는데, 짧은 시일에 그 내용을 다 머릿속에 넣으려니 쥐가 날 듯했다.

그 외에도 사랑하는 가족들의 응원은 내가 감독으로 도전하는 데 정말 많은 힘이 되었다.

시나리오를 쓰기 시작할 때, 아들들이 선물이라며 노트북을 사 줬다.

태성이는 식당사장 배역을 맡아 줬고, 유빈이는 아름다운 배경 음악을 만들어 줘서 영화의 감동을 배가시켜 줬다.

또한, 목사님 역할을 맡았던 배우가 촬영 날이 임박해서 갑자기 못 하게 됐다고 연락이 와서 당황하고 있었는데, 그 목사님 역할도 남편이 선뜻 맡아 줘서 얼마나 다행이었는지 모른다.

내 영화는 온 가족이 참여해서 만든 세계 최초의 영화라 해도 과언이 아닐 것이다.

이런 작업을 낯선 이들과 했더라면 더 힘들었을지도 모르는데 내 아들들이라 부담 없이 의견을 주고받으며 작업에 임할 수가 있었다. 엄마의 도전에 아낌없이 힘을 보태 준 내 가족들의 사랑과 배려에 다시금 감사하는 마음이다.

이렇게 나는 영화의 바다에 아무런 장비도 없이 맨몸으로 용기를 내어 뛰어드는 도전을 감행했다.

시나리오 작업은 두 사람이 주고받으며 공동으로 쓰더라도 실화가 바탕이기에 그리 어렵지 않게 순조롭게 이어졌다.

그러나 배우 캐스팅에는 어려움이 많았다.

무엇보다 자연스럽게 장애인 연기를 해 줄 배우를 찾기가 힘들었다.

공개 오디션 공고를 내고, 먼저 지원 서류를 받았는데 예상 외로 많은 프로필이 접수됐다. 배우를 꿈꾸는 지망생들이 이렇게나 많은지 새삼 놀랐다.

매일 저녁 그것을 들여다보는 것도 흥미로운 일이었다.

처음엔 보내 온 연기 영상까지 찬찬히 다 열어 봤다.

하지만 시간이 갈수록 프로필 사진만 봐도 느낌이 왔다.

주인공을 맡길 배우는 너무 예쁘거나 잘생긴 것보다

는 실제 인물과 비슷한 이미지를 찾으려고 노력했다.

그중에서 50명을 추려서 장애인 연기를 준비해 오라고 통보하고, 공개 오디션을 실시했다. 그런데 그들이 표현하는 장애인은 하나같이 아프고 고통스러운 모습들뿐이었다.

'내가 가까이서 만나고 지켜봤던 장애우들은 미소가 아름답고 친근한 존재들이었어. 장애인이 저렇게 고통스럽고 아프기만 한 사람은 아닌데…….'

마음이 너무 아팠다. 장애우들에 대한 비장애인들의 일반적이고 보편적인 편견들이 적나라하게 드러났다.

주연 배우로 적당한 배우를 찾기는 힘들겠다 싶은 마음이 점점 커질 무렵, 지원서에 연극무대 경험이 많다고 쓴 한 지원자가 들어오더니 꾸벅 인사를 했다. 준비한 연기를 하기 전에 감독님께 꼭 드릴 말씀이 있다는 것이다.

자신이 꼭 캐스팅되어야만 하는 이유를 어필할 줄 알았다.

"저는 이번 오디션을 준비하면서 장애인에 관해서 나름대로 연구를 많이 하며 연습했는데, 장애인들이 이렇게 불편한 생활을 하는지 정말 몰랐어요. 이런 경험을 해 보고 생각할 수 있게 해 주신 감독님께 정말 감사드립니다."

그래! 바로 이거야!

이 영화를 보고 사람들이 가지고 있는 장애인에 대한 편견을 버리고, 그들을 조금이라도 이해하는 계기가 됐으면 하는 나의 바람이 더 확고해졌다.

내가 이 영화를 꼭 만들어야 하는 이유가 더 분명해진 것이다.

그런 사명감으로 하나씩 하나씩 부딪히는 문제마다 견뎌냈다.

처음은 순조롭게 출발했지만, 준비하는 과정에서 크고 작은 문제들이 끊임없이 발생했다. 하루 열두 시간 이상의 고된 촬영에도 꿋꿋하게 버티고 인내하며 이루

어 낼 수 있었던 것은 친정어머니가 내게 일러 준 말씀
한마디가 내 인생의 좌표가 되어 있기 때문이다.

"네가 한 결정이니 네가 책임지고 잘하고 살아라."
세상 모든 친정엄마 마음에 흡족한 사윗감이 어디 있
을까. 시부모님을 모시고 살아야 하는 외며느리 자리가
탐탁지만은 않으셨던 친정어머니가 결혼식 전날 밤 내
게 하신 말씀이다.
"내 결정에는 내가 책임진다."
그 후로 나는 내 결정에 끝까지 책임지는 사람이 되
기로 했고, 영화도 나의 선택으로 시작되었으니 내가
책임지고 인생 영화로 만들어야겠다고 다짐했다.

유행에도 도전하자

지금은 찢어진 청바지가 흔하디흔하지만, 유행되기 전에 한 티브이 프로그램에서 연예인 스타일리스트의 이야기가 나온 적이 있다. 아이돌 그룹의 무대 의상으로 만들기 위해 청바지를 칼로 긁어서 'ripped jeans'로 만드는 것을 보고, 나도 내 청바지의 한 부분을 아주 조금 흉내 내서 입고 다닌 적이 있었다.

한번은 그걸 입고 친정에 갔는데 친정아버지께서 근

심스러운 눈빛으로 나를 바라보며 조용히 말씀하셨다,

"요새 이 서방이 돈을 안 갖다 주니?"

지금도 찢어진 청바지를 입을 때면 아버지의 그 말씀이 생각나서 웃음 짓곤 한다.

나는 남들이 하지 않는 것을 유행하기 전에 앞서서 시도하는 편이었다.

그래서인지 대학 시절에 나의 별명은 '스카프'였다.

스카프나 액세서리를 좋아해서 어떤 날은 자그마한 스카프를 가방에 묶기도 하고 어떤 날은 손목 혹은 발목에 묶고 다니기도 했다.

그래서 친구들이 붙여 준 별명이다.

최근에 핸드백에 스카프를 묶고 다니는 게 유행인 걸 보니 내가 그 유행의 창시자가 아니었을까?

반면에 나의 절친 은주는 본인 스스로 별명을 자칭 '한 박자 반'이라고 했다.

패션이든 뭐든지 유행을 앞서 가는 나에 비해 자신은

늘 한 박자 늦게 그런 것들을 받아들이게 된다며 그렇게 말했다.

그런데 그 친구가 얼마 전에 남편을 먼저 하늘나라로 보내드리고 나서 "영혜야, 나 너보다 한 박자 먼저 과부 됐다" 이러는 게 아닌가.

그런 건 이렇게 한 박자 빠를 필요 없었는데…….

요즘 아이들 용어로 참으로 웃픈 일이었다.

나는 최근에 몇 차례 시니어 모델 선발대회에 심사하러 간 적이 있다.

대회 출전자들은 50~60대 주부들이 대부분이었지만, 건강하고 아름답게 자신을 가꿔서 젊은 여성 못지않은 모습으로 자신감이 넘쳐 보이는 이들이 많아 보였다.

순간, 나는 저 나이 때에 뭘 하고 있었나 하는 생각이 들었다.

나를 돌볼 시간이나 경제적인 여유도 없었다. 더구나 나의 꿈은 차곡차곡 접어서 깊숙이 넣어 놓은 지 오래전이라 끄집어낼 정신도 없었고, 그냥 펑퍼짐한 아줌마로 한 걸음 한 걸음 내딛었을 따름이다.

지금 생각해 보니 어릴 때 나는 모델이나 미스코리아를 꿈꿨던 적이 있었다.

보자기를 어깨에 두르고 총채를 들고 손을 흔들며 걸어 보기도 하고, 가끔은 엄마의 화장대를 습격해서 입술도 칠해 보고, 거울을 보고 예쁘게 웃는 것을 연습해 보기도 한 기억이 난다.

나의 어릴 적 잠재된 꿈의 영향으로 우리 아이들이 연예인이 된 건 아닐까?

심사위원을 하면서 가장 기억에 남는 일을 꼽자면, 출전 나이에 상한선이 없는 실버 모델 선발대회에서 73세 할머니의 아름다운 도전을 본 적이 있었다.

키도 작고 체구도 자그마하시고 모델의 이미지와는 거리가 먼 분이셨는데, 노란색 투피스를 입으시고 등이 약간 구부정했지만 당당하게 하이힐을 신고 런웨이를 걷는데 박수가 저절로 나왔다.

이런 대회에 참가해서 젊은이들과 얘기하고 웃고 하다 보니 30년은 젊어진 것 같으시다는 인사 말씀에 모두가 기립박수로 환호했다.

그런 가운데 눈살을 찌푸리게 하는 참가자들도 많았다.

짙은 화장에 기다란 속눈썹을 붙이고, 과한 액세서리, 요란스러운 의상에 한 뼘도 더 될 듯한 높은 굽의 하이힐을 신고 엉거주춤 걷는 모습이란…….

마치 초등학생이 대학생 언니의 옷을 입고 아가씨인양 행동하는 것처럼 불안하고 어색하기 그지없었다.

어깨를 드러낸 화려한 드레스는 비싸고 고급스러워 보이긴 해도 입은 모습이 아름답게만 보이지는 않았다.

요즘은 모든 면에 여유롭고 건강하고 멋진 노년들이 많아졌다.

'내 나이가 어때서'라는 노래마저 많은 공감과 관심

을 받고 있다. 젊어서 못 이룬 꿈을 이제라도 이루어 보겠다며 시니어 모델과 연기자에 도전하는 이들이 많다 보니 각 대학 평생학습관과 문화센터에 관련 강좌가 개설되고 있다. 반면에 그런 마음을 악용해서 각양각색의 이름을 내걸고 선발대회며 패션쇼 무대를 만들고 과한 참가비와 의상 대여비 명목으로 큰돈을 요구하여 주머니를 불리고자 하는 검은손들도 있다고 하니 조심해야 할 것이다.

진정 아름다운 노년의 모습이란 무분별하게 유행만을 따르거나, 지나친 치장으로 세월의 흔적들을 가리려고 하지 않고, 주름살마저도 사랑하며 내보여 줄 수 있는 자신감과 내면에서 우러나오는 마음의 여유가 아닐까?

분별력을 가지고 내게 맞는 유행을 골라 나만의 것으로 소화하는 감각을 길러 용기를 갖고 도전해 보자.

저절로 얻어지는 것은 없다

아들들은 어렸을 때 가족끼리 외식을 하고 나면 꼭 노래방을 가자고 졸랐다.

그러면 시어른들은 먼저 귀가하시고, 우리 네 식구는 노래방으로 갔다.

아이들은 서로 마이크를 잡겠다 하고, 먼저 번호를 입력하느라 리모컨 쟁탈전이 벌어지곤 한다. 당시에 아이들이 최신 곡을 부르면 노랫말이 무슨 내용인지 알아들을 수 없는 랩이 많았다.

그러다 남편이 애창곡인 〈난 바보처럼 살았군요〉를 부르면 아이들은 노래를 경청하는 게 아니라 딴짓을 하니 이 겉도는 분위기를 어쩔꼬….

아이들과 노래방에 와서 재미있게 같이 즐기려면 아이들의 문화를 이해하고 뭔가 노력을 해야겠다는 생각이 들었다.

그 후 나는 최신곡의 카세트테이프를 사서 차 안에서 들었다. 당시에 아이들이 즐겨 부르던 김건모의 〈잘못된 만남〉 같은 빠른 곡의 가사들을 받아 적어 놓고 따라 부르며 노래를 익히려고 부단히 노력했던 기억이 있다.

어느 날 노래방에 가서 갈고 닦은 신세대 노래를 부르니 아이들의 눈이 휘둥그레지며 "오~~우리 엄마~ 멋진데~!!" 하는 것이 아닌가!

아이들과의 거리를 좁히기 위해 어른들이 어떤 노력을 하면 좋을지 한 번쯤은 생각해 보고 실천했으면 좋겠다.

아이돌들의 의상이나 스타일도 눈여겨보고, 넌지시 권해 보는 것도 좋지 않을까? 때로는 아이들 옷장에서 찢어진 청바지와 헐렁한 후드 티셔츠에 야구모자를 쓰고, 아이랑 팔짱 끼고 같이 거리를 활보하는 용기도 내 봄직하다.

이 세상에 노력 없이 그냥 얻어지는 게 있을까?

화분의 꽃 한 송이도 때에 따라 물도 주고 관심과 손길을 줘야 예쁘게 꽃을 피워 주는 법인데, 하물며 세대 간의 소통을 위해서는 어른들이 먼저 노력하는 것이 당연하다. "에헴" 하면서 대접받으려고만 한다면 "꼰대" 소리를 들을 수밖에 없다.

그런데 요즘 젊은이들 대화를 가만히 듣다 보면 못 알아듣는 경우가 허다하다. 말을 줄여서 많이 쓰기 때문에 그들만의 언어가 새로 생긴 것 같은 느낌이다.

'세젤귀', '갑분싸', '핵인싸' 같은 말은 이젠 알아듣겠는데 '법블레스유', '나일리지', '잡학피디아'처럼 외

래어와 한글 조합의 말을 줄여서 하는 건 해석이 없으면 알아듣기 힘들다. 게다가 원래의 뜻과는 바꿔서 엉뚱하게 쓰는 단어들도 많다.

'자체'라는 뜻으로 발음이 비슷한 잡채를 쓰는 것이라든지, 아르바이트를 많이 하는 사람을 보고 '알부자'라고 한다든지 시아버지를 '#지'라고도 한다니, 하루가 다르게 생겨나는 신조어들을 알아듣기 위해서는 학원이라도 다녀야 할 판이다.

그런 말 중에 '본캐', '부캐'란 말이 있다. 결혼식에서 신부가 들고 있는 꽃인 부케인가 했더니 그게 아니란다. 게임 용어에서 파생된 말로 그 내용이 확장되어 우리가 알고 있는 '본업', '부업'과 의미가 흡사하다고 한다.

그래서 나의 본캐와 부캐를 한번 생각해 봤다.

뭐니 뭐니 해도 나의 본캐는 주부이다. 그럼 부캐는 뭐가 있을까?

영화감독, 칼럼니스트, 방송인, 선교무용가, 간증 사역자, 극단 대표 그리고 아직도 갖고 싶은 부캐가 더 있고, 그것들을 갖기 위해서 도전할 과제들이 눈앞에 쌓여 있다.

여기서 내가 말하고 싶은 것은 나이가 많다고 움츠러들지 말고 적극적이고 도전적인 자세로 살아가자는 것이다.

급변하는 시대에 맞게 우리도 좀 더 속도를 내 보자고!

내가 그렇게 하지 못했기에 후회되는 마음이지만, 이제라도 늦지 않았으니 가속을 해보려고 한다.

이렇게 난감한 일이

작은아들의 결혼 준비로 마음이 분주하던 어느 날, 낯선 번호로 전화가 걸려 왔다.

영화 제작 후에 인터뷰하자는 전화가 빗발치고는 한동안 조용하더니, 오랜만에 방송 섭외 전화였다.

"어머니 끼도 엄청 많으시고, 춤도 노래도 잘하신다고 들었거든요."

사실 '미운 우리 새끼'에서 간혹 주체 못 하는 끼를 발산해서 춤도 추고 연기도 했지만 갑작스러운 작가의 질문에 어떻게 답을 해야 할지 몰랐다.

"음악 프로그램인데요, 트로트 한 곡만 불러 주시면 돼요. 결혼 앞둔 아드님과 함께 출연하셔서 추억도 만드시고, 즐거운 시간 보내시면 좋잖아요."

작가의 애원하는 듯한 프러포즈에 덜커덕 출연을 허락하고 나니 걱정이 태산이다.

'대한민국 엄마 가요제'라는데, 이렇게 난감할 수가……

아들이 가수이긴 하지만 난 노래는, 더구나 트로트는 더 자신이 없는 분야이기 때문이다.

그길로 대낮에 남편과 둘이 노래방을 찾았다.

한낮의 노래방에는 교복 입은 학생들만 몇 명 있었고, 주인장은 이상한 눈빛으로 우리를 쳐다보고, 민망하기 그지없었지만 그렇다고 발걸음을 돌릴 수는 없었다.

두꺼운 책을 뒤지고 뒤졌지만, 트로트는 많이 불러 본 적이 없어서 어떤 곡을 선택해야 할지 결정하기 힘들었다.

트로트는 맛깔나게 꺾어 줘야 제맛인데 도무지 그 맛을 낼 수가 없으니 큰일이었다. 이것도 '도전의 기회'다라고 생각하니 없던 용기도 나고, 호기심도 발동하면서 재미있게 즐기자는 마음이 생겼다.

가수 아들 찬스로 아들에게 한 시간가량 지도를 받고, 둘이 호흡도 맞춰 보고 다음 날 녹화장으로 갔다.

척 봐도 알아볼 만한 어머니들이 출연자로 오셨고, 리허설을 하는데 가수 뺨치게 잘하는 어머니들의 노래 솜씨에 점점 자신감이 떨어졌다. 나 자신이 초라하게 느껴지기 시작했다.

트로트 노래 부르는 프로그램에 출연한다는 말에 "그동안 미우새에서 쌓은 우아하고 고상한 이미지 내버릴 거냐"고 출연을 만류하며 걱정하던 친구 말이 생각났다.

'고상한 이미지 버리면 어때! 이왕에 나온 거 이미지

생각하지 말고, 적극적으로 제대로 해 보자'라는 생각이 들었다.

녹화에 들어가서는 리허설 때와는 정반대로 가사에 맞춰 머릿속으로만 생각했던 목소리와 몸짓으로 연기하듯 노래를 불렀다.

반응은 예상 외로 뜨거웠다.

녹화장에서도 그랬지만 방송 때도 실시간 순간 최고 시청률을 찍었다며 작가가 흥분한 목소리로 전화를 했다.

나를 버리고 분위기에 충실했던 것이 적중한 것이다.

나는 내 아이들을 키울 때도 "물"과 같은 사람으로 커 나가기를 바랐다.

생명 유지에 절대적으로 필요한 소중한 물,

컵에 담기면 컵 모양으로, 접시에 담기면 접시 모양으로 변하는 물처럼 어디에 가든지 그 자리에서 적합한 사람, 꼭 필요한 사람, 분위기에 빨리 흡수되는 사람 그리고 물처럼 소중한 사람으로 말이다.

　세상을 좀 살아왔다고 할 수 있는 동년배들은 아마도 모든 면에서 자기 생각과 주관에 고착된 생활을 할 것이다. 그래서 때론 쓸데없는 고집을 부리기도 하여 "꼰대" 소리를 듣는 것이 아닌가 싶다.

　버릴 것은 버리고 수용할 것은 수용하는 열린 마음을 가지고 살아가자.

　물 같은 사람으로, 소중한 사람으로 살아가자.

때론 실패도 약이 된다

누구나 살아가다 보면 실패를 경험할 때도 있다.

나 또한 성공보다는 실패의 기억이 많다.

본능적으로 좋은 기억보다는 안 좋은 기억이 오래가는 것일까?

내 인생에서 가장 큰 실패라고 할 수 있는 것은 대학 입시였다.

무용을 전공하고 싶었던 나는 평소에 무게 있고 깊이

있게 느껴지는 김백봉 선생님의 춤사위를 좋아했고, 그래서 그분의 제자가 되고 싶어서 경희대 무용과에 가고 싶었다. 실기시험을 한 달 앞두고 무작정 경희대로 찾아갔다.

어디서 그런 용기가 났는지 모르지만, 묻고 물어 무용과 연습실을 찾아갔고, 거기서 대학생 언니들을 만나서 나의 이야기를 할 수 있었다.

"저 경희대 무용과에 너무 오고 싶어서 이렇게 오늘 왔어요. 그냥 조용히 구경만 하고 갈게요."

언니들은 내 용기가 가상했는지 허락을 했고, 연습 광경을 보고 있는 내내 나는 그 속에서 같이 춤을 추고 있었다.

그중 한 언니가 친절하게도 일주일간 함께 연습하러 오겠느냐는 제안을 해 줬고 난 눈물이 날 만큼 너무도 고마워서 일주일간 그 먼 길을 열심히 다녔다.

드디어 실기시험 날이 되었다.

나는 최선을 다했고 나를 알아본 그 언니는 "입학식 날 보자"라며 귓속말을 건네주었다. 덕분에 내 마음은 이미 경희대 무용과 학생이었다.

그런데⋯⋯

합격자명단에 내 이름 '박영혜'는 없었다.

겉으로는 태연한 척했지만 나는 집에 와서 이불 속에서 몇 시간을 울고 울었다.

몇 시간을 울면서 나는 실패의 아픔도 느꼈고, 세상의 모든 일이 내 생각대로 되지 않을 수도 있다는 것을 깨달았다.

그렇지만 나는 후퇴하지 않으려고 재수를 결심했고, 후기대에 응시하지 않고 재수해서 다시 도전을 하기로 결심했다.

1년 후, 다시 도전했다.

"너 작년에 시험 봤던 애 아니니?"

면접을 보시던 다른 교수님이 먼저 나를 알아보셨다.

물론 낯익은 그 언니도 있었다.

'교수님이 날 기억하실 정도면 이번은 틀림없겠지.'

그러나 학과 공부에 더 치중하고 실기를 게을리했던 탓인지 또 불합격되고 말았다.

나는 대학은 포기하고 취업의 길로 가려고 마음먹었는데, 그때 엄마는 말없이 나에게 신문에서 오려 둔 광고를 손에 쥐어 주셨다.

말없이 우셨을 엄마의 마음을 그 후기대학 모집 광고가 말해 주었다.

화장실에 앉아서 그것을 보면서 또 울었다.

나중에 들은 이야기지만, 엄마는 당신이 못 해 봤으니까 딸이라도 꼭 여대생이 되기를 간절히 원하셨다고 한다.

누구나 쉽게 따는 운전면허도 나는 단번에 패스하지 못했다.

S 자, T 자 코스를 연습할 때 쉽게 잘했는데, 주행시험을 볼 때 언덕에서 시동이 꺼지는 바람에 "시간 초과"로 불합격되었다.

얼마나 억울했던지 그날도 대학에 불합격했을 때만큼이나 서럽게 울면서 집으로 돌아와서 생각했다.

'10층 사는 할머니는 일흔 살이나 되셨는데도 운전 잘하고 다니시는데, 나 이제 마흔두 살인데 왜 못해! 나도 할 수 있다!'를 마음속으로 외치며 눈물을 삼켰다.

나는 '실패는 성공의 어머니'라는 말을 흔하디 흔한 격언으로 흘려듣지 않는다. 확신을 품고 목표를 가지고 그것을 향하여 노력하고 전진한다면 꼭 이룰 수 있다고 믿는다.

3부

아름답게 그리고 천천히

안
티
에
이
징

떠리링~ 떠리링~

"여보세요?"

"막내야~ 내가 눈꺼풀이 너무 쳐져서 시야가 점점 좁아지는데 말이야. 답답해서 그래, 어떡하면 되겠니?"

나를 '만물박사'라 부르며 뭐든 나한테 물어보곤 하시는 둘째 오빠가 어느 날 전화를 하시더니 하시는 말씀이다.

"그럼…… 음…… 수술을 하시는 게 어떠세요?"

"뭐? 쌍꺼풀 수술을?"

칠순 나이에 쌍꺼풀 수술이 웬 말이냐며 펄쩍 뛰
셨다.

오빠는 현재 '몸짱 할배'로 불리시는 멋쟁이신데, 중
국에서 사업하실 때 당뇨를 이기기 위해서 시작한 헬스
가 지금의 몸을 만들었고, 각종 육체미 대회에 나가 상
을 휩쓰실 정도가 되셨다.

지금은 시니어들의 건강한 몸을 만드는 것을 가르쳐
주고 도와주는 일을 하신다. 오빠의 몸을 보면 나이는
숫자일 뿐이라는 게 실감이 난다.

그런 오빠가 명절에 만나 보니 처진 눈꺼풀을 잘라내
는 수술을 받으셨고, 막상 하고 나니 답답하지도 않고
너무 좋다고 하시면서 수술 예찬론자가 되셨다.

요즘은 안티에이징을 내세우며 주름을 펴 준다는 각
종 화장품이나 미용시술, 건강보조식품들이 앞다투어

출시되며, 중년의 우리네 주머니를 유혹한다.

어떤 자료에서는 시장경제에서 주 소비층을 50대 이상 중장년층으로 보고, 죽어 가는 경제를 살릴 '희망의 소비층'이라고도 부른다.

그런 중장년층을 겨냥하려면 안티에이징이 제격이긴 하다. 어떤 광고를 보면 기적처럼 일주일 만에 주름이 펴진다고 하기도 하고, 수술 안 하고도 처진 눈을 올려 주고 화장품을 바르기만 해도 꺼진 이마를 봉긋하게 짱구 이마로 만들어 준다고 하니 보는 이가 침을 흘리며 스르륵 주머니를 열게 만든다.

그런데 우리는 너무 외모에만 관심을 집중하는 게 아닌가 싶다.

외모뿐 아니라 마음도, 정신도, 생각도 그리고 의지나 행동까지도 차츰차츰 늙어 가고 있는데 말이다.

외모의 안티에이징은 화장품이나 시술로 해결한다지

만, 내면의 안티에이징은 어떻게 할 수 있을까? 여행이
나 각종 단체에서 주관하는 힐링 프로그램에 참여하거
나 혹은 자신이 좋아하는 취미나 관심 분야에 몰두하면
서 해결하는 방법도 있고, 종교의 힘을 빌리는 방법도
있을 것이다.

우리 몸의 안과 밖을 균형 있게 늙어 가는 지혜가 절
실한 요즘이다.

버킷리스트

죽기 전에 꼭 해 보고 싶은 일의 목록인 버킷리스트.

나는 몇 년 전에 환갑을 맞이하면서 버킷리스트라는 걸 적어 봤다.

요즘은 환갑이라고 해서 예전처럼 친척, 친지를 초대해서 잔치를 하지는 않지만, 그래도 당사자에겐 의미 깊은 날이기에 자녀들과 식사 자리를 하면서 발표하려고, 나의 60년을 뒤돌아보며 적어 보았다.

첫째로 적은 것은 가족사진 찍기.

시부모님 계실 때 찍은 후로 가족사진을 찍은 게 없어서 첫째로 가족사진 찍기를 적었다. 아이들이 번갈아 군대를 갔다 왔고, 일정이 규칙적이지 않은 일을 하는 아이들이기에 한자리에 모여 식사하는 것조차도 힘든 날들을 보냈다. 이제는 손주도 태어났고, 환갑이 지나면 노년기라 할 수도 있을 텐데, 나의 가장 젊은 노년기의 모습을 사진으로 남기고 싶었다.

발 빠르게 아들의 주선으로 가족사진 찍기는 바로 실행되었다.

두 번째로는 어려서부터 배워 보고 싶었고 몇 차례 시도하다 완성하지 못한 가야금 배우기를 적었다. 그러고는 여기저기 수소문해서 레슨을 시작했으나 얼마 지나지 않아서 선생님이 해외로 장기 공연을 떠나시는 바람에 민요 몇 곡 연주할 정도까지 배우고 중단했다. 나의 목표는 25현 가야금까지 배우는 것인데 아직도 완결되지 못한 채 리스트에 남아 있다.

그리고 '혼자서 00해 보기'라고 적어놓고 생각해 보니 여행이나 극장 가기 등 혼자서 못 해 본 것들이 제법 많음도 알게 됐다.

맨 마지막으로, 우습게도 뱃멀미도 심한 내가 크루즈 여행을 적었다.

하나씩 적으며 생각해 보니 묻어 두었던 나의 꿈도 떠올랐고, 잊고 지냈던 추억도 꺼내 볼 수 있었다. 그렇게 적은 것이 열세 개나 됐고 하나씩 하나씩 시도해 보며 나의 노년기를 출발하고 있다.

얼굴에 고기능성 탄력 크림을 바르면서 안티에이징을 위해 노력하듯이 버킷리스트를 적어 가면서 내 마음에 강력한 항산화 효소를 먹은 듯 마음에 안티에이징이 되었던 기억이 있다.

노트를 꺼내 놓고 하나씩 적어 보는 것을 추천한다.

시작이 반이라는데 생전에 모두 다 이루지는 못할지
라도 적는 것을 시작하는 것만으로도 반은 이룬 셈이
아닐까.

봉사활동

나는 오래전부터 고교동창 모임의 동문들과 함께 성남에 있는 한 장애인 주거 시설에 한 달에 한 번 찾아가서 봉사활동을 했다. 그곳에는 남녀 연령의 구분 없이 가족의 형태로 모여서 20여 명이 함께 살고 있다. 그러다 보니 어린 학생부터 노년에 이르기까지 다양한 형태의 사람들이 모여서 지내고 있다.

영양사 출신의 후배가 미리 메뉴를 짜 놓으면, 그것

을 기준으로 다달이 모아 둔 회비로 재료를 준비한다. 10여 명의 회원들은 약속한 날짜와 시간에 맞춰 그곳에 모여 식재료를 다듬고 씻고 조리해서 며칠 동안 먹을 반찬을 만들어 준다.

우리는 누가 일일이 정해 주지 않아도 자신이 알아서 일을 맡아서 한다.

주부 경력이 오래된 나는 늘 칼질을 도맡아 했고, 어떤 친구는 베개만 한 크기의 달걀말이도 망가짐 없이 척척 만들어 내기도 했다.

많은 양의 반찬을 만드느라 손가락에 물집이 잡히고, 몸은 피곤하고 힘들어도 마음은 다음에 갈 때까지 풍요롭고 따뜻함을 유지했다.

일 년에 한두 번 나들이하기 좋은 계절엔 봉사자들과 거주자분들이 다 같이 근처 공원으로 바람 쐬러 나가기도 했다. 거주자분들은 대부분 휠체어에 의지해야 하기에 봉사자들이 동행하지 않으면 단체로 움직일 수가 없다. 그렇게 공원 나들이라도 하는 날엔 그분들이 더 밝고 즐거워하는 걸 느낄 수가 있었고, 우리도 기쁨과 보람이 배가되어 엔도르핀이 충만한 하루를 보냈다.

그런데 그렇게 나들이를 나가면 아이들과 함께 공원 나들이 나온 사람들과 마주칠 때가 있다. 그러면 어른들은 멈칫하며 아이들이 장애우들에게 가까이 가거나 마주치지 않게 하려는 몸짓을 하는 경우가 종종 있다. 그냥 가볍게 손인사라도 해 주고 지나가면 될 것을 왜 그러는지 안타깝다.

그곳에 가면 몇 번을 물어봐도 '김해 김씨'가 자신의 이름이라고 말하는 마흔 살의 친구가 있다. 그는 나만 보면 "예쁜 누나, 예쁜 누나" 하며 졸졸 따라다닌다.
솔직히 난 그 소리가 듣기 좋아서 한 달에 한 번씩 꼭 그곳에 갔는지도 모르겠다. 지금도 건강하게 그곳에 있는지 갑자기 궁금해진다.

몇 해 전 코로나로 인해 시설에 외부인의 출입이 금지되었고 우리의 발목이 묶였다. 해제된 후에도 나는 방송 활동이니 뭐니 해서 아직까지도 다시 합류하지 못하고 있다. 그곳 식구들과 회원들한테 미안함만 가득할 뿐이다.

핸드폰 배터리가 방전되면 빨리 충전기에 연결해서 충전해야 하는 것처럼 봉사 활동은 거룩한 중독성이 있는 게 확실하다. 그래서 그 어느 것보다 봉사활동이 마음의 안티에이징에 특별히 대단한 효력이 있다고 나는 믿는다.

누구나 마음속 한구석엔 봉사하며 살아야지 하는 마음이 있다.

한두 번 실천하는 건 비교적 쉽지만, 그것을 지속해서 실천하는 것은 생각처럼 쉽지만은 않다.

쉽지 않고 누구나 다 하는 게 아니기에 내가, 아니 우리가 해야만 한다.

왜냐하면 우리는 받은 만큼 돌려줘야 하고, 선택받은 사람이니까…….

영혜야 미안해

인생을 80년이라고 가정했을 때 평균 일하는 시간은 26년, 잠자는 시간은 22년, 먹고 마시는 시간은 6년, 걱정하는 데 쓰는 시간은 10년, 그러나 웃는 시간은 평생 동안 89일밖에 되지 않는다고 한다.

20대는 시속 20킬로미터의 속도로, 40대는 40킬로미터, 60대는 60킬로미터로 세월이 흐른다고도 말한다. 정말 요즘은 눈 깜박할 사이에 일주일 지나고, 금세 한 달이 지나간다.

살아온 날보다 살아갈 날이 적어지고 있다는 것을 체
감하면서 달력 한 장 넘길 때마다 새삼 시간을 아끼자
는 다짐을 하게 된다.

나이가 들면 저절로 잠이 없어지는 것인 줄만 알았더
니, 어르신들은 세월을 아끼느라 잠을 덜 주무시는 것
이 아닌가 싶다.

태성이가 신인 시절에 아마도 첫 영화인 〈슈퍼스타
감사용〉 영화를 찍을 때였던 것 같다. 자신의 촬영 분량
이 없을 때도 매일 촬영장에 나갔고, 나가면 밤늦도록
귀가하지 않으니 걱정이 되어 잠을 못 이루고 눈을 비
비며 기다렸던 것이 습관이 됐다. 그 후로는 갱년기 증
상이 주로 불면증으로 찾아와 밤잠을 못 자고 지냈던
게 이제는 아주 몸에 익어서 지금도 나는 하루에 네다
섯 시간 정도 잠을 잔다. 그나마도 숙면을 못 취하고 밤
새 서너 번씩 깨곤 한다.

몸은 말할 수 없이 피곤한 만성피로증후군에 시달리
지만, 한편으로는 이런 게 얼마나 다행인지 모른다. 남

은 나의 시간을 잠으로 보내기 싫으니까 말이다.

나는 시부모님을 모시고 살아서 그랬는지 모르겠지
만 동네 아낙네들과 수다를 할 줄 모르고 살아왔다. 나
나름대로 시간을 유용하게 쓰면서 살았다고 생각하는
데 그 시간을 대부분 가족을 위해서 쓴 것만 같아서 요
즘은 나한테 미안하다는 생각이 든다. 내가 나를 먼저
사랑해야 한다는 것을 이제야 조금씩 깨닫고 있다.

나에게 미안한 일은 나를 위한 시간을 안 썼다는 것
말고도 많다.

쇼핑하러 갈 때는 '내 것'을 사야지 하고 길을 나서
지만, 돌아올 때 쇼핑백 안에는 남편과 아이들 것만 가
득하고 정작 '내 것은' 양말 한 켤레라도 있으면 다행인
날이 부지기수이다.

반찬을 만들 때도 내 입에 당기는 반찬은 그날 메
뉴에 있을 수가 없게 되었는데, 거긴 눈물겨운 사연이

있다.

시아버님은 가끔 드시고 싶은 반찬을 내게 주문하셨다.

"오늘은 꽈리고추 넣고 멸치 좀 볶아라."

"소고기 장조림이 먹고 싶은데 청양고추 몇 개 넣고 해라."

"비가 오니 수제비를 끓여다오."

나의 음식 솜씨가 좋은 것은 온전히 시아버님 덕분이다.

한번은 문득 꽁보리밥이 먹고 싶어서 내 딴에는 별식이라 생각해 솜씨를 총동원해서 옛 방식대로 보리를 삶아서 꽁보리밥을 지어서 밥상을 차려 드렸다.

그런데⋯⋯

"에미야, 이걸 먹으라고 밥상을 차린 거냐?"

"네, 아버님. 오늘은 별식으로 꽁보리밥을 만들어 봤

어요."

'저 잘했죠?' 하는 눈빛으로 칭찬받을 준비를 하며
대답을 했다.

"이런……!" 하시더니 수저를 탁 놓으시고 역정을
내시며 방으로 들어가셨다.

적잖이 당황한 나는 어찌할 바를 모르고 있는데 "난
보리밥은 안 먹으니 밥 다시 해라"라는 불호령이 떨어
졌다.

그날은 그렇게 해서 밥을 두 번 해야 했고, 나는 며칠
을 혼자 보리밥을 먹어 치워야 했다. 그 후로는 내가 먹
고 싶은 것은 그 어떤 것도 나는 식탁에 올리지 않게 되
었다.

시아버님이 돌아가신 후 어머님은 내게 말씀하셨다.

"에미야. 너는 내가 좋아하는 게 뭔지 아니?"

그리고 보니 외식 메뉴도 주로 시아버님 위주로 정했
고, 어머님께는 여쭤 본 적이 없는 것 같았다.

"죄송해요……. 어머님……."

한없이 송구한 마음뿐인데 어머님이 먼저 입을 떼셨다.

"난 장어를 좋아한단다."

평소 얼마나 그 말씀이 하시고 싶으셨을까 생각하니 눈물이 핑 돌았다.

시아버님은 깔끔하고 상큼한 일식 요리를 주로 좋아하셨고, 기름진 음식은 싫어하셨기에 장어를 외식 메뉴로 하거나 식탁에 올린 적이 없었던 것 같다.

우리는 그날 바로 어머님을 모시고 장어집으로 향했고, 너무나도 맛있게 드시는 어머님을 뵈면서 죄송스럽기 그지없었다.

어머님이 그러셨듯이 왜 나도 내 입맛에 당기는 음식을 못 먹었던 시간이 있었나 싶다.

우리 여인네들이여~!

우리도 먹고 싶은 거 있다고, 우리도 오로지 나를 위해 좋아하는 음식으로 메뉴를 짜고, 근사한 만찬을 준비하는 사치를 누려 보자.

유
효
기
간

"할머니~ 오늘이 5일인데, 이거 4일까지예요."

"괜찮아. 그건 유통 기간이라 마트에서 진열해서 팔
수 있는 날짜고, 하루 이틀 지난 거 먹는 데는 이상 없
다니까?"

손주 녀석은 먹거리에 찍힌 유효기간에 늘 민감한 반
응을 보인다.

유통 기간과 유효기간은 다르다고 입에 침이 마르게
말을 해도 건강 염려증에 단단히 걸린 손주 녀석은 꿈

쩍하지 않는다.

하루만 지나도 절대로 안 먹는 그 녀석 때문에 나도 마트에 가면 날짜를 체크 하느라 돋보기가 필수지참 물건이 되었다. 유통 기간이 임박하여 1+1로 파는 것들은 사 올 수가 없다.

'미운 우리 새끼' 녹화할 때 이런 질문을 받은 적이 있었다.

편집되어 방송되지 않았지만, 녹화 도중 진행자가 패널 어머니들에게 물어봤다.

"어머니 사랑의 유효기간은 언제까지라고 생각하세요?"

대부분 유효기간이 어디 있냐는 대답들이었지만 한 어머니가 말했다.

"유효기간? 그거 예식장에서 나오는 순간에 끝이여, 끝!"

그 한마디로 모두를 폭소의 도가니에 몰아넣었던 기억이 있다.

공감의 웃음이었을까? 그분 말투가 웃겨서 그랬을까?

어느 정도는 공감의 뜻이라 생각된다.

그런데 정말 사랑에 유효기간이 있을까?

그건 서로가 만들어 가는 것이라고 생각한다.

얼마 전에 잠시 병원에 입원한 적이 있었다.

같은 병실에 있는 환자 중 성격이 좀 예민해 보이는 사람이 있었다.

하루는 남편과 전화 통화를 하다가 갑자기 고래고래 소리를 지르고 싸운다.

통화는 두 시간 이상 지속됐고, 그녀는 같은 말을 반복했다. 보다 못한 입원실의 환자들이 한두 명씩 자리를 피하는 게 아닌가?

하지만 나는 골절이 되어 다친 상태라 홀로 거동이 자유롭지 못했기에 끝까지 그 내용을 다 듣고 있을 수밖에 없었다.

점점 수위가 높아진 대화는 이윽고 이혼하자는 말까지 내뱉으며 통화가 끝났다.

자초지종을 들어 보니 양말을 가져다 달라는 것인데, 남편이 술을 한잔해서 당장은 못 간다는 것 같았다.

그깟 일로 세 시간씩이나 싸우다니…….

다음 날 좀 누그러진 상태에서 그 남편이 병실로 찾아왔다.

어제의 상황을 쭉 지켜본 나로써 한마디 조언을 하지 않을 수가 없었다.

나의 경험과 생각을 모아 그 부부에게 충고의 말을 해 줬다.

"서로를 선택했을 때는 어느 한순간이라도 좋은 때에 좋은 점이 있어서 한 것이잖아요. 자신의 선택과 결정에 책임을 지는 사람이 되어야 해요. 처음부터 모든 면에 딱 맞는 부부가 과연 있을까요? 조금씩 양보하고, 이해하고 덮어 주면서, 그렇게 서로 맞춰 가면서 살아가는 게 결혼 생활이에요."

내가 생각해도 명 주례사 같은 이야기를 한참 해 줬다.

두 사람은 고개를 끄덕이며 내 말을 경청했다.

사랑만큼이나 다툼에도 유효기간은 알 수 없는 걸까? 그 부부의 냉전은 몇 시간 안 되어 끝이 나고 말았다.

제품이나 식품에는 표기된 유효기간이 있지만 참으로 신기하게도 우리의 감정은, 특히나 사랑에는 유효기간이 없는 것 같다.

날마다 방금 출시된 신제품같이 신선하고 따끈따끈한 사랑으로 하루하루 살아간다면 집집마다 웃음꽃이 피고 살기 좋은 세상이 될 것이다.

늙지 않으려면

여름내 김치냉장고 전원을 꺼놨다가 가을이 되어 플러그를 꽂으니 전원이 들어오지 않는다.

"여보~ 이것 좀 한번 봐주실래요?"

"지난번처럼 플러그가 덜 꽂힌 거 아냐?"

집안 가전제품의 1차 AS맨인 남편을 부르기 전에 플러그는 잘 꽂혔나, 계기판을 제대로 작동시켰나 둘러봐도 잘못된 게 전혀 없었다.

가전제품도 사용한 지 10년이 넘으니 하나씩 둘씩 슬슬 고장이 난다.

10년 주기로 가전제품도 고장 나고 유행도 바뀐다면 서, 가전제품 바꿀 때 남편도 바꿨으면 좋겠다는 농담 으로 모두를 폭소와 공감의 도가니로 몰아넣었던 친구 가 문득 생각난다.

예전에 마당 있는 집에 살았을 때는 김치냉장고 없이 도 김치 항아리를 땅에 파고 묻어서 맛있는 김치를 먹 을 수 있었다. 그 때문인지 아파트 생활을 하면서 김치 냉장고가 필수가 되었다.

김치냉장고는 아삭아삭 맛있는 김치를 오래 먹을 수 있도록 개발했다고 한다. 아무래도 일반 냉장고에서는 그 맛을 유지할 수가 없을 테니 소비자 입장에서는 돈 을 들이더라도 이 냉장고를 장만하게 된다.

김치를 맛있게 익혀서 맛을 유지 시켜주는 김치 냉 장고, 헬멧처럼 쓰고 있으면 탈모를 방지시켜 준다는

기계, 빗자루질과 물걸레질을 동시에 해 주는 로봇청
소기, 피부를 탱탱하게 만들어 준다는 마사지 기계, 심
지어 벌어진 골반을 조여 준다는 기계까지 우리네 생
활을 편리하게 해 주는 기계들이 속속 개발되어 나오
고 있다.

늙기 싫은 마음은 남녀, 동서양을 막론하고 누구나
마찬가지이다.

그래서 조금이라도 젊어 보이기 위해 애쓰고, 조금이
라도 천천히 늙기 위해서 몸에 좋다는 것들을 찾아 먹
고, 건강을 유지하기 위해 밤낮 운동을 하며 노력하는
게 아닌가 싶다.

세월 따라 만들어질 수밖에 없는 주름살을 펴기 위해
안간힘을 쓰고, 많은 돈과 시간을 쓰고, 그래도 마음에
안 차면 최신의 의술을 빌려 피부를 자르고 당기는 아
픔과 위험도 기꺼이 감수하려고 드니 말이다.

그렇다면 늙지 않는 비법은 무엇이 있을까 생각해 보

게 된다.

나는 가끔 나이보다 젊어 뵌다는 말을 듣곤 한다.

물론 듣기 좋으라고 인사치레로 하는 말이란 걸 알고 있지만. 그래도 그런 말을 들으면 기분이 좋다.

그건 아마도 손주를 키우면서 젊어 뵈려고 노력한 것도 있지만, 무엇이든 뒤처지지 않고, 어떤 것이든 하고자 하는 것에 도전하는 마음으로 살아온 덕분이 아닌가 생각한다.

나는 새로운 것을 찾아서 도전해 보는 태도가 노화 방지에 강력하고 좋은 힘이 된다고 믿고 있다.

뭐든 새로운 것이 신선한 의욕을 불러일으키고, 가슴을 뛰게 만들고, 도전하는 것이 흥분을 자아내기에 안티에이징에 큰 힘이 있다고 믿는다.

나의 도전은 현재 진행형

지난해 가을에 웹서핑을 하다 눈에 띄는 것을 하나 발견했다.

안산시 청소년재단에서 '새로운 부모교육 전문강사 훈련자'를 모집한다는 공고였다. 부모교육 전문강사 라······.

난 요즘 젊은 부모들에게 해 주고 싶은 말이 정말 많다.

손자를 키우면서 자연히 또래의 아이를 둔 엄마들도 많이 접하게 됐고, 그들의 생각이나 교육, 정보, 문화 등도 알게 되다 보니, 내 마음속에 해 주고 싶은 말들을 차곡차곡 많이 쌓아 놨다.

그렇다면 응시해서 전문적인 강의 스킬 교육도 받고, 공인된 자격을 갖추고, 기회가 된다면 강사로서 하고 싶은 말을 할 기회를 잡아 보자는 생각에 덜커덕 지원서를 냈다.

기초 과정 36시간, 심화 과정 36시간의 교육 과정을 마치고 나서 테스트를 받고 통과해야 비로소 전문강사로서 자격증을 받고 활동을 할 수 있다고 한다.

굳게 맘을 먹고 강사 훈련에 돌입했으나 생각처럼 쉽지만은 않았다.

우선은 유치원 원장 경력이나 교육학 전공자 또는 관련 강의 경력이 쟁쟁한 젊은 지원자들이 많았고, 그 틈에서 기죽지 않고 버티는 것은 성실히 출석하고 열심히 하는 것이다 생각하고 지각 결석 없이 수업에 임했다.

기초 과정 중에는 매주 아동 교육과 아동 발달 심리에 관한 백과사전만 한 책들을 읽고 독후감을 제출해야 하는 과제가 큰 부담이었다.

순간순간 포기하고 싶은 마음이었지만 간신히 버티고 있었다.

"여보, 나 그만둘까 봐요. 너무 힘들어요. 과제 스트레스가 너무 심해서 도저히 못 하겠어요."

"뭐가 그렇게 힘들다고 그래? 그럴 거면 시작을 하지 말지. 반이나 왔는데 왜 여기서 그만둔다고 하는 거야?"

이번에도 남편의 격려 아닌 질책에 가까운 말들이 오기를 불러일으켰고, 돌아보니 그런 말들이 오히려 큰 힘이 되었다.

심화 과정은 산 넘어 산이었다.

교육 계획안 작성은 물론 PPT까지 만들어야 한단다.

접해 보지 못한 것들에 대해 낯섦과 두려움에 맞서는 데는 더 많은 용기를 내야 했다. PPT를 만들기 위해 동료들에게 귀동냥해야 했고, 그들은 시어머니뻘 되는 내게 친절히 알려 줬다. 하나씩 배워 가고 알아 가는 재미에 빠졌고, 무사히 PPT도 완성했다.

훈련의 모든 과정이 끝나고 드디어 최종 시연 테스트 날이 되었다.

스물한 명의 수료자는 긴장한 가운데 각계에서 초빙한 심사위원들 앞에서 준비한 내용으로 강사 시연 테스트를 받았다.

아침 생방송 프로그램에 출연했을 때보다 더 떨렸지만 애써 태연한 척 나잇값을 하려고 애썼다. 긴장은 했지만, 실수나 후회는 없었다.

마음을 비우고 임하니 오히려 그 긴장과 떨림을 즐길 수 있었다.

'잘했어! 영혜야, 강사 안 되면 어때! 열심히 했으니까 새로운 도전을 즐긴 거로 만족하자.'

스스로 다독이며 위안을 했다.

며칠 뒤, 아침에 한가로이 티브이를 보고 있는데 "띵똥" 하며 핸드폰으로 문자 하나가 들어온다.

-강사 시연에 응해 주서서 감사합니다. 박영혜 님께서는 강사 시연 평가에서 최종 통과하셨습니다. 축하드립니다.

예상하지 못했던 소식에 방으로 뛰어 들어가서 잠자는 남편을 끌어안으며 소리를 질렀다.

"여보~ 됐어요! 됐어. 나 됐어!"

잠이 덜 깬 남편은 영문도 모른 채 같이 기뻐해 줬다.

"당신은 될 줄 알았어. 정말 대단해, 당신. 축하해."

남편은 영화가 완성되어 시사회에 갔을 때보다 더 기뻐해 줬다.

나 또한 그랬다.

이건 내가 또 새로운 분야에 도전해서 나 홀로 일궈낸 성과니까….

나이도 많고, 전공자도 아니었고, 합격이 되리라곤

전혀 기대도 안 했는데,

스물한 명 응시생 중 여섯 명 합격!

그중에 내 이름이 있다니….

이렇게 기쁠 수가!

문자를 복사해서 가족 단톡방에 올리고 아이들에게
도 소식을 알렸다.

아들, 며느리, 손주의 축하 메시지를 넘치게 받고 나
니 그제야 비로소 어깨가 무거워짐을 느꼈다.

앞으로 강의하기 위해서는 더 많은 공부를 해야 할
것이고, 잘 준비해서 부모들에게 좋은 내용의 교육으로
존경받을 수 있는 명강사가 되도록 노력해야겠다.

우리의 삶은 끊임없는 도전의 연속이다. 도전을 멈추
는 순간, 우리는 몸뿐 아니라 마음까지도 늙어 간다. 그
러나 자신에게 주어진 새로운 기회를 두려워하지 않고
맞이하는 여자는 언제나 빛난다고 믿는다.

자! 새로운 시작의 설렘을 안고 이제 출발이다!

도전하는 여자는 늙지 않는다

누구나 한두 번쯤은 복권을 사 봤을 것이다.

복권을 사 들고 발표하는 순간까지 머릿속에서는 집을 서너 번 지었다가 허물고, '이 차를 살까 저 차를 살까' 결정 장애로 머릿속이 복잡해지기도 한다.

그러나 당첨번호가 내가 산 복권 속에 숫자와 다를 때 밀려오는 허무감이란 이루 말로 표현하기가 힘들 정도다.

그러나 사람들은 망각이라는 기능 덕분에 또 복권을 구입하고 또 금방 허물어질 집을 또 짓고 짓는다. 분만실에서 산통으로 소리 지르며 남편을 욕하기도 하고 다시는 아기를 갖지 않겠다고 하다가도 아기를 품에 안으면 그 고통을 까맣게 잊고 또 둘째를 가지려고 하는 것과 마찬가지다.

도전도 비슷하다는 생각이 든다.

누구나 도전할 때는 실패를 크게 염두에 두지 않게 되고, 찬란한 성공의 순간만을 그리며 도전에 임할 뿐이다.

실패해서 성공에 도달하지 못한다고 할지라도 또 다른 도전의 기회가 오면 또 허리띠를 고쳐 매고 숨을 고른다.

그렇지만 복권과 도전은 엄청난 차이가 있다.

연속적인 복권의 미당첨은 소소하긴 하지만 재산의 손실과 정신적인 피폐함이 따르지만, 도전의 실패는 더 큰 용기를 낼 수 있는 튼튼한 마음의 밑바탕이 되고, 더 큰 도전의 기회를 맞이할 수 있는 명약이 된다.

도전에는 나이 제한이 없다. 나이는 숫자에 불과하며, 진정한 젊음은 삶을 대하는 자세에서 비롯된다. 그러므로 도전하는 여자는 절대 늙지 않는다고 말하고 싶다.

도전의 열정과 용기는 언제나 젊고, 도전하는 여자가 마주하는 미래는 그 누구보다도 찬란할 것이다.

결론적으로, 도전은 삶의 필수적인 부분이다. 우리가 성장하고 발전하기 위해서는 편안한 영역을 벗어나 새로운 경험을 추구해야 한다. 도전을 통해 우리는 자신의 잠재력을 발견하고, 새로운 가능성을 열어 갈 수 있다.

도전이 두려움을 극복하고, 자신의 꿈을 이루기 위한 길임을 알고 있다.

그러므로 우리는 항상 도전하는 자세를 유지하며, 삶의 여정을 즐겁게 헤쳐 나가 늙지 않는 여자가 되어야 한다.

도전은 우리의 삶을 더욱 풍요롭게 만들어 준다.

새로운 도전에 맞설 때 자신의 능력을 발견하고, 때로는 새로운 기술과 지식도 습득하게 된다.

도전은 우리의 열정을 깨우치게 하고, 우리의 삶을 의미 있게 만들어 준다.

그러므로 우리는 도전하는 자세를 유지하며, 삶의 모험을 즐기며 늙지 않는 여자가 되자.

나이 따위는 잊어버리자.

나이는 숫자에 불과하다는 말은 진리이다.

나이가 많다고 못할 것은 없다.

나이에 맞는, 그리고 나에게 맞는 '도전할 것들'을 찾아서 떠나 보자.

도전이 주는 흥분과 긴장, 그리고 기대와 희망, 설렘

들이 분명히 늙지 않는 묘약이 된다는 것을 다시 한번
확신하고 이 말을 크게 외친다.

도전하는 여자는 늙지 않는다.

에
필
로
그

　8년 전 남편이 은퇴를 앞두고 있었을 때, 변변한 노후 대비를 준비하지 못한　나는 자그마한 식당을 계획해서 먼저 문을 열었다. 지금은 남편과 같이 운영 중이다.

　처음에는 손님이 들어오면 "어서 오세요"라고 인사하는 것조차도 쑥스러워서 입 밖으로 소리도 내지 못하곤 했었는데, 이제는 손님과 이런저런 세상 이야기부터 육아 팁, 살림 팁까지도 일러주면서 친근함을 가지고 다가가게 되었다.

무엇이든 처음에는 모든 게 다 서툴고 힘들기 마련이지만, 세월이 지나고 경험과 노하우가 쌓이면 능숙해지고 이윽고 전문가의 경지에 이를 수도 있다고 생각한다.

이 책으로 출간할 원고를 나는 식당 한쪽에서 짬짬이 썼다.

손님이 없는 날엔 내 글도 진전이 안 되었고, 손님이 많은 날은 왜 그리도 쓰고 싶은 글들이 자꾸 떠오르는 것인지 몸이 분주한데 마음까지도 분주해지곤 했다.

끝이 보일 것 같지 않았던 작업이 마무리되어 가고, 내 글이 세상에 나와 많은 사람이 볼 수도 있으리라 생각하니 해산날이 가까워진 산모처럼 설렘과 긴장감을 넘어 두려움까지도 느껴졌다.

나는 글을 쓰는 순간이 참 좋다.

가끔 편지도 잘 쓰고, 시도 쓰고, 생각나는 대로 끄적거리며 지내 왔다.

얼마 전에는 여성 월간지에 연예인 아들을 키울 때의 이야기를 써서 연재하기도 했는데, 이렇게 책을 쓰는 건 처음인지라 참 길고 지루하게 느껴지기도 했다.

이번에도 여전히 남편은 나에게 얼마만큼 썼냐며 채근도 하고, 격려도 해 줬다.

오랫동안 이야기를 풀어내면서 많은 생각을 하게 됐다.

도전한다는 것은 마음먹고 결심하기까지 힘들고, 그 과정이 지치고 고달프기도 하지만, 결과와 관계없이 많은 것으로 보답을 주는 고마운 일이란 것을 다시 한번 깨달았다.

나의 이런 생각은 자녀와 손주를 키움에도 적용해 왔다.

그래서 현재에 안주하지 않고, 늘 새로운 것에 도전

하는 마음을 갖고 지내라고 강조했으며, '난 할 수 있다'라는 긍정적인 생각으로 살아가라고 말해 줬다.

그래서인지 우리 아이들은 여러 방면에 관심을 두고 노력해 왔으며, 그 재능을 나타내고 있다.

큰아들 태성이는 배우로 화가로 자리매김을 하고 있으며, 작은아들 유빈이는 보컬 트레이너로서, 또 뮤지컬 배우로서 발돋움하고 있다.

살면서 내세울 만한 많은 것에 도전한 것은 아니지만, 사소한 것이라도 도전하는 마음으로 임했고 때론 실패의 쓴맛도 보면서 여기까지 왔다.

삶에서 적당한 긴장감을 바탕으로 살아가는 것이 필요하다.

그러기 위해서는 늘 도전도 하고, 그 도전을 성취하기 위해 긴장하고 살아간다면 마음의 긴장이 몸에 긴장을 주고, 늙지 않고 늘 팽팽함을 유지하지 않을까 생각한다.

지은이 **박영혜**

무용을 전공하고 인천시립무용단 창단 단원으로 활동하다 결혼 후 시부모님 모시고 살면서 아들 둘을 낳고, 살림과 내조에만 전념하며 살았다. 배우 이태성, 가수 성유빈의 엄마로 SBS 예능 프로그램 '미운 우리 새끼'에 출연하였다. 그 후 63세의 나이로 영화감독에 도전하여 꿈을 이루고, 두 아들을 연예인으로 키워 낸 이야기를 월간 〈여성조선〉에 '우리 미운 연예인 아들'이란 제목으로 칼럼을 연재했다. 부모 교육 전문 강사에 도전하여 자격증을 따고 손자를 키운 경험을 바탕으로, 주로 부모와 조부모 교육 및 강연을 하고 있다.

도전하는 여자는 늙지 않는다

초판 1쇄 인쇄 2024년 12월 27일
초판 1쇄 발행 2025년 1월 3일

지은이 | 박영혜
발행인 | 강봉자, 김은경

펴낸곳 | (주)문학수첩
주소 | 경기도 파주시 회동길 503-1(문발동 633-4) 출판문화단지
전화 | 031-955-9088(마케팅부) 031-955-9530(편집부)
팩스 | 031-955-9066
등록 | 1991년 11월 27일 제16-482호

홈페이지 | www.moonhak.co.kr
블로그 | blog.naver.com/moonhak91
이메일 | moonhak@moonhak.co.kr

ISBN 979-11-93790-88-5 03810